U0469726

安德鲁的大脑

〔美〕E.L.多克托罗 著　汤伟 译

Andrew's Brain

E.L.Doctorow

上海文艺出版社

图书在版编目(CIP)数据

安德鲁的大脑/(美)多克托罗著;汤伟译.—上海:上海文艺出版社,2016
 ISBN 978-7-5321-6003-7

Ⅰ.①安… Ⅱ.①多… ②汤… Ⅲ.①长篇小说-美国-现代 Ⅳ.①I712.45

中国版本图书馆 CIP 数据核字(2016)第 025714 号

ANDREW'S BRAIN
by E.L.Doctorow
Copyright © 2014 by E.L.Doctorow
Chinese (Simplified Characters) copyright © 2016
by Shanghai 99 Culture Consulting Co., Ltd.
Published by arrangement with ICM Partners
through Bardon-Chinese Media Agency
ALL RIGHTS RESERVED

著作权合同登记号　图字:09-2015-1130

责任编辑:方　铁
特约编辑:彭　伦　索马里
装帧设计:马岱姝

安德鲁的大脑

〔美〕E.L.多克托罗　著
汤　伟　译
上海文艺出版社出版、发行
地址:上海绍兴路 74 号
电子信箱:cslcm@public1.sta.net.cn
网址:www.slcm.com
新华书店经销　上海盛通时代印刷有限公司
开本 890×1240　1/32　印张 5.5　字数 70,000
2017 年 7 月第 1 版　2017 年 7 月第 1 次印刷
ISBN 978-7-5321-6003-7/I·4791　定价:38.00 元

献给 M.

I

我可以给你说说我的朋友安德鲁，那位认知学家的故事。不过这个故事有点凄惨。一天晚上，他怀抱一个婴孩出现在前妻玛莎的家门口。原因是他和玛莎离婚后娶的年轻可爱的妻子布萝妮去世了。

什么原因？

我会说到那里的。我无法独自承担这件事，安德鲁说，玛莎正站在敞开的大门前看着他。那天晚上正巧在下雪，玛莎出神地看着落在安德鲁纽约洋基队球帽帽檐上、柔软的看起来像动物的雪花。玛莎经常被周围的某样东西迷住，好像她在把它们谱成曲子。即便在平时，她的反应也比较迟钝，用一双凸出滚动的深色大眼睛看着你。然后浮出笑容，点头，或摇头。其间，安德鲁的眼镜被从敞开的大门溢出的热气糊住了，他戴着被热气糊住的眼镜，像一个盲人似的站在雪中，当玛莎最终来到他跟前，从他怀里轻轻抱过裹在襁褓里的婴儿，转身回家，并迎着他的面关上大门时，他连一点反应也没有。

这件事发生在哪里？

玛莎住在纽约郊区的新罗谢尔，小区里的住房都很宽大，风格各异（都铎风格、荷兰殖民风格和希腊复兴风格等等），大多数住宅建于二十世纪二三十年代，房屋与街道之间隔着一段距离，屋前是一些以挪威枫为主的老树。安德鲁回到车里，拿出婴儿篮、一只小提箱和两个装满婴儿用品的塑料袋。他使劲敲着大门：玛莎，玛莎！她已经六个月了，名字也起好了，她有出生证明，在我这里，请开门，玛莎。我不是在遗弃女儿，我只不过需要一点帮助，我需要帮助！

门打开了，玛莎的丈夫，一个大块头的男子出现在门口。安德鲁，把东西放下，他说。安德鲁照他所说的做了，玛莎的大块头丈夫把婴儿塞回到他怀里。你从来就是一团糟，玛莎的大块头丈夫说，我很遗憾你的年轻妻子去世了，但是我断定那肯定是由于你的愚蠢行为，某个不凑巧的疏忽，某个思维实验，或者是你著名的智力错乱，不过不管原因是什么，都会让我们想到你特有的把灾难留在身后的才能。

安德鲁把婴儿放进地上的婴儿篮里，提起篮子，缓缓地朝自己的车子走去，其间差点在湿滑的小路上摔倒。他用后座上的安全带固定好婴儿篮，再回到屋前，捡起塑料袋和小箱子，拎着这些东西回到车里。把东西放好后，他关上车门，直起身体，转过脸来，发现眼前站着围着围巾的玛莎。就这样吧，她说。

[思考]

继续讲……

等一下，我突然想到了我读过的什么，是关于精神分裂症和狂躁型忧郁症发病机理的。脑生物学家将通过改变基因的排列来治疗这些病症，寻找染色体组内的变异——这些与目的论紧密相连吮吸蛋白质的玩意儿。他们会用字母和数字给染色体编上号码，这儿去掉一个字母，那儿增加一个数字，哇啦，手到病除。所以说，大夫，你那套借助聊天治疗的方法遇到麻烦了。

别那么自信。

相信我，你会失业的。作为吞食智慧树果实的人类除了把生物学应用到自己身上，还能干什么？祛除病痛，延长寿命。比如说，你想在脑袋后面加一只眼睛吗？办得到。把直肠移植到膝盖上来？没问题。如果你想要的话，给你安一副翅膀都可以，不过最终的产物不一定飞得高，可能更像是腾跃，就像在机场过道上长长的水平自动扶梯履带上的腾空跨越。我们怎么知道上帝不想这么做，不想完善他那个生命无法修改补救的操蛋想法？我们是他的备选方案，他的故障保险。上帝演绎达尔文。

这么说玛莎最终还是把婴儿抱走了？

我还在思考我们怎样在腐朽的棺木里腐烂变臭，怎样转世投胎，一条瞎了眼的蚯蚓把含有我们基因的小碎片吸进肚子，它不知道为什么要在被雨浸湿的泥地里抬起身子而最终冤死在莺鹩鸫尖锐的喙下。嗨，那个从天空里拉出来，"扑哧"一声落在树枝上，像一根湿绷带一样往下流淌的玩意是我活生生的基因碎片，里面有我的遗传因子。看啊！我成了一棵为存活而苦苦挣扎的树的养分。这是真的，听我说，那些纹丝不动、里面有导管的家伙与你我一样，为了生存无声地挣扎着，所有的树在争夺同一颗太阳，同一片扎根于斯的土地，撒出的种子最终会成为它们的林中之敌，就像古代王国的王子对于他们的父王。不过树并非永远静止不动。它们在狂风中跳着绝望之舞，茂密的枝叶东摇西摆，因无法改变自身的命运而朝着天空狂暴地挥舞手臂……嗯，从拟人化到我开始听见声音也就一步之遥了。

你听见声音？

哈，我知道你会关心这个。通常在我快要睡着的时候。实际上一旦听到这些声音，我就知道自己快要睡着了。但是这个声音会把我吵醒。这就像我不想告诉你，而此刻我却正在告诉你一样。

这些声音在说什么？

不知道。奇奇怪怪的东西。但我不是真的听见了。我是说，是实实在在的声音，但同时它们也是无声的。

没有声音的声音。

正是。就好像我听见了那些不发出声音的词语的含义。我听到了某种意味，但我知道那是别人说出来的话。通常是由不同的人。

都是些什么样的人？

我一个都不认识。其中的一个姑娘要和我睡觉。

这很正常——男人都会做那样的梦。

超出了一般的梦境。我不认识她。一位夏季长裙一直拖到脚面，脚上穿着一双跑鞋的姑娘。她眼睛下方长着细小的雀斑，即便站在阴影里，脸也像是被阳光照耀着一样雪白雪白的。漂亮得让人心碎！她拿起了我的手。

嗯，看来不仅仅是声音，肯定不只是无声的声音。

我觉得是这样的，我听出了某个意思并在脑子里形成一幅图像……

那么我们可以回到认知学家安德鲁身上了吗？

我其实不想告诉你我每天起床开始新的一天的时候也能听见这个不出声的声音。不过告诉你又怎样呢？比如，有天早晨上班途中，我在便利店买好报纸咖啡，在等一个红灯。我正看着红色的数字减小，就听见一个声音说道：**反正你也站在那里，为什么不去把纱门修理一下**。声音如此逼真，和真人的没两样，我扭头去看谁在我身后。没有人，街角就我一人。

听到那句话的时候，你得到的是一幅什么样的图像？

一个老妇人。我让自己置身在她家厨房的门口。那是一栋破旧的农舍。我觉得可能在宾夕法尼亚州的西部。院子里停着一辆旧拖车。妇人穿着洗得发白的居家衣裳。她从水池上方抬起头来，脸上没有露出一丝惊讶，说了我上面提到的那句话。一个小姑娘正在厨房餐桌上用蜡笔画画。她看了我一眼，又回到自己的画上，突然，她用蜡笔一通乱涂——她在销毁自己画好的画。

你是否就是那个把你的朋友叫做安德鲁的人，那个带着婴儿去他前妻家的认知学家？

是的。

你说你梦见自己离家出走，发现自己站在某个破落农家的纱门前？

嗯，那不是梦，那是一种声音。你听仔细一点。这个声音让我想起了孩子夭折后我和玛莎的生活，它让我产生离家出走的愿望。我一点也不在乎去哪里。我跳上在港务局巴士总站见到的第一辆大巴。在大巴上我睡着了，醒来发现车子正蜿蜒行进在宾夕法尼亚州西部的丘陵地带。我们停在一个小镇的旅行代办处前。我下了车，在小镇的广场上闲逛。凌晨两三点的样子，那里有一家便利店、一家杂货店、一家做镜框的店和一家电影院，全都打烊了。占据了建筑是罗马式风格的县政府广场的一侧。铺满棕色枯草的广场中央有一座青黑色的南北战争纪念碑，一个骑马男子的塑像。等我回到代办处，大巴已经开走了。我只好沿着铁轨朝镇外走，途中经过几座仓库，走了大约一两英里（这时天已经亮了），来到这栋看上去寒酸破旧的农舍。我饿坏了。我走进没有一点居住迹象的院子，绕到房子背后，发现一扇纱门，还有这两个人，老妇人和一个小姑娘，就像是我刚把她们造了出来，或者说我以为我这么做了。而那个老妇人正是那天早晨我手拿咖啡报纸，在首都华盛顿等红灯时对我说那句话的人。

你是说你离家出走，发现自己正面对此前想象出来的画面，宾夕法尼亚州某栋破旧农舍的一扇真实的纱门？

不对，真该死。我不是这个意思。我确实上了大巴，这趟旅行和我讲述的一模一样，破旧的小镇，脏兮兮的农舍。当我来到那栋房子后面时，厨房里确实有这两个人：老妇人和手握蜡笔的小姑娘。吊灯下方挂着一条捕蝇纸，上面粘满苍蝇，黑乎乎的。所以说这一切都是千真万确的。不过没有人让我修理纱门。

没有？

提议修纱门的是我自己。我又累又饿。四下见不到一个男人。我觉得如果我提议帮着做些零工杂活，她们会让我洗把脸，再给我一点吃的。我不愿让别人施舍我。于是我微笑着说道：早上好。我迷路了，不过我看见你们的纱门需要修理一下了，如果你们能让我喝杯咖啡，我想我可以把它修好。我注意到纱门关不严，上部的铰链已从门框脱落，蒙着的纱布也松了。这扇纱门已经起不了什么作用，这就是为什么要在灯绳上吊一条捕蝇纸的原因。明白了吧，不是超自然的幻想把我拽到了那里。我确实搭乘过巴士，见到过那间农舍和那两个人，然后我把这些从脑子里屏蔽掉了，直到那天早晨在华盛顿，当我站在街角等着红灯的秒数减到零的时候，听见——

当时你在华盛顿工作？

——是的，政府顾问，不过不能告诉你我在干什么——听见一个老妇人的声音，说的话和我出现在她家纱门前时所说的差不多。不过她的声音里带着训斥的腔调，好像我向她透露过我倒霉的过去，听上去的效果像是："反正你站都站在那里了，为什么不做点有用的事，哪怕是你这生中唯一的一次呢，快去把纱门修好了。"你的手册里有描述这种体验的专用术语吧？

有。但是我不确定我们说的是同一种体验。

我们也有自己的手册，我告诉你。你的专业是心智，我的是大脑。这对孪生兄弟最终会相逢吗？关于那趟巴士之旅最重要的一点是：我已经到了这样一种状态，觉得自己不管做什么，都会伤及自己所爱的人。坐在人体工学椅上的分析家先生，你知道这是一种什么样的感受吗？我无法预知怎样避免灾难，好像不管我做什么，总有恐怖的事件接踵而至。所以我只想跳上一辆大巴，离开这里。我什么都不在乎。我想把自己的生活夯得结实一点，把我的注意力集中到不需要动脑子的日常琐事上。但是即使这样也无济于事。他说得再清楚不过了。

谁？说了什么？

玛莎的大块头丈夫。

安德鲁走进玛莎家中后，看见玛莎的大块头丈夫正在穿大衣戴帽子，玛莎抱着婴儿，一边上楼一边掀开婴儿的小兜帽，拉开防雪服的拉链。安德鲁注意到这是一栋配备齐全的大房子，比他和玛莎还是夫妻时住过的房子大多了。门厅里铺着深色的镶木地板。他用眼角扫了一眼左手边舒适的客厅，里面放满了家具，壁炉里烧着火，炉架上方挂着一张沙皇的画像，沙皇身穿长袍，胸前挂着一个东正教的十字架，头上的皇冠看上去更像是一顶绣了花的帽子。右手边是堆满书籍的书房，玛莎的黑色施坦威钢琴也放在那里。楼梯上铺着深红色的地毯，每级台阶的底部被一根黄铜条压着，抱着婴儿上楼时，玛莎并没有去扶优雅的弧形桃花木扶手。玛莎穿着宽松的长裤。安德鲁注意到她身材保持得还很好，发现自己正在琢磨她臀部的形状和张力，他已经有好几年没这样了。玛莎的大块头丈夫的大衣是那种圆肩的，带一个斗篷式的领圈，袖子亮闪闪的。现在已经没有人穿那种款式的大衣了。对玛莎的大块头丈夫来说，那顶不怕压的运动帽实在是太小了。

玛莎头也不回地说了一声：安德鲁，跟他一起去。用的是他们还是夫妻时常用的那种从容不迫、发号施令的语调。

安德鲁走在前面，打开乘客侧的车门。他为玛莎的大块头丈夫能把自己塞进座位感到庆幸。他们上了路，去玛莎大块头丈夫喜欢的一家酒吧。他无声地给安德鲁指着路，在交叉路口左指右指，到了那里后，他指着一个停车位咕哝了几声。那家酒吧坐落在购物中心。安德鲁期待着一场对话和某种理解，不管怎么说他们有娶同一个女人为妻的经历。尽管安德鲁在等待对话开始，当他们在酒吧里坐下，面前放上了盛放在高脚水晶杯里的酒水后，玛莎的大块头丈夫却一声不吭。安德鲁只好顺着以下话题自顾自地说了起来：

所有那些你认为与我有关的事情都是千真万确的。我意外地夺走了我和玛莎的小女儿的生命是真的。我真心觉得我是在喂她儿科医生开的药。药剂师送来了配错的药。我没有像我应该的那样警觉。我一整天都在忙着自己的认知学博士论文，我在试验室里工作了好几个小时，加上系里的会议等等，我尽职地用滴药管把药滴进她的小嘴巴里。整整一夜，我每隔两小时喂她一次药，直到孩子停止了哭泣，死了。我不知道她已经死了，还以为她终于睡着了。我也累得不行了，就躺下睡了，玛莎教了一整天的钢琴，累坏了，所以陪伴生病的孩子的任务自然落在了我身上，不管怎么说，我是个男人。是玛莎的叫声把我吵醒的，那不是人的声音，那是一头被捕兽夹夹住腿的森林巨兽发出的叫喊声，甚至都不是现在的动物，而是某种远古生物。

玛莎的大块头丈夫看着吧台后面的蓝色镜子，说道：当一个动物的腿被捕兽夹夹住后，你知道它怎么逃脱吗？把腿咬断。当然，它永久地残废了，不能养活自己，也无法过一种正常的生活。

你是指玛莎，安德鲁说。

是的。而且我也终身残废了，爱上一个遭受了无法治愈的创伤的女人并和她结婚，她再也无法从事自己的专业。所有这一切都得感谢那位伪君子安德鲁先生。

伪君子安德鲁先生，我就是这样一个人？

是的，他的友善、温良、随意和迷人的愚蠢都是最致命的杀人犯的手段。我们再来一杯。

为了偿还他对玛莎大块头丈夫欠下的良心债，安德鲁端起酒杯，想迅速喝完杯中的剩酒，好再来一杯他并不想喝的酒，酒杯从他手中滑落了。安德鲁试图抓住下落中的酒杯，他外套的衣袖碰翻了吧台上盛花生的小碗，慌乱中他觉得有义务同时更正两件错误，却都失败了，酒杯和杯中的酒水，连带冰块和楔在杯子上的一片柠檬，跟随着花生米形成的瀑布，一起落在了玛莎大块头丈夫的腿上。

他的话冒犯了你，玛莎的大块头丈夫？你被激怒了？

没有，他是个歌剧演员。歌剧是一门情感无约束的艺术。哪儿出了一件事，他们为此唱上好几个小时。虽然他用像沙皇般令人生畏的洪亮低男中音唱出来的东西倒是没错。我不会因此而愤怒或感到被冒犯，这不仅是由于我对自己的了解，而且我脑子里有休止符——荣誉，还有其他美德可以和我毫无干系。我不具备任何美德。在我灵魂深处，如果灵魂真的存在的话，我已达到对自己的所作所为无动于衷的境界。死去的婴儿、妻子，以及我无意引发的火灾只能令我产生一丝悔恨，所有这些灾难让我在梦中逃往一个不再会伤害他人的地方。但在现实生活中，我对自己的罪行则表现得麻木不仁。

但是在婴儿夭折那个可怕的事件发生后，你确实搭乘大巴去了宾夕法尼亚州西部。去了还是没有去？你现在想说所有这些都是你做的梦？

不是，发生的事情与我描述的一样。

好吧，那么在现实生活中你是否像你梦中那样出走过？这不像对自己的愧疚无动于衷的人做出来的事情。

你可以经历类似的时刻，但这并没有代表性，对于起主导作用的心灵来说，这只是一个例外，是我残存的人性。

明白了。

实际上我只是耸耸肩，继续往前走。尽管我和蔼可亲，在尽自己最大的努力做好事帮助他人，最终我却不再对是非好坏有任何感觉。哪怕天塌下来了，我也无动于衷，尽管我可以假装到连自己都信以为真，但没有什么能够触动到我内心深处的悔恨、悲痛和欢乐。我想说的是我终于很可怕地不再拥有任何情感。我的心灵安居在一个静止、深邃、美丽、冷淡，没有情感的寂静池塘里。不过我骗不了自己。我就是一个杀人凶手。更糟糕的是我没有能力来惩罚自己，不会因为摧毁可怜无助的婴孩和深爱的女人的生活而绝望地自杀。这就是玛莎的大块头丈夫，那个歌剧演员在谴责我，或许还寄希望我会明白事理自行了断的时候所无法理喻的。[思考]我当然不会那么做。

这么说玛莎现在终于有了一个小宝宝，她失去的孩子的替代品。

我不这么认为。我没打算把小宝宝送给她。我只不过需要一点帮助，一两年的时间。我还处在布萝妮去世带来的震惊之中。但是玛莎占有了孩子，就像她是合法的母亲一样。

你为此感到不快吗？

我没有争执的资本。需要我说得再明白一点吗？你怎么就那么不开窍？我弄死了一个小宝宝。你想让我再弄死一个吗？不管怎么样，总有一天我会与她重逢的。她长着布萝妮的淡蓝色眼睛。同样白皙的皮肤。

玛莎的大块头丈夫说你对你妻子的死负有责任，他说得对不对？

不完全对。

这是什么意思？

不是直接的——是间接的。

发生了什么？你是说在生孩子的时候？

不是，我不是这个意思。

她是因为什么去世的？

我不想谈那个。[思考]我可以告诉你这些，在失手弄死了他和玛莎的小宝宝之后，安德鲁在西部一个他从未听说过的州立大学找到了一份薪水不高的兼职教授职位。

为什么？

你觉得呢？因为那地方远在天边。因为自从和他离婚后，玛莎喜欢人们看到她站在公寓的外面等着他下班回家。她会深吸上一口烟，再把烟丢到地上，踩上一脚，然后走开。

这么说在她眼里你是唯一应该受到责备的——你，只有你。

还能有谁？

那个药剂师呢？你没想到去告他？

哦，天哪，你真的不明白像这种事情发生后，社会现实的抹除功能有多强烈，没说错吧。脑子里全是关于你做的事已经无法改变的认知。起诉别人？这么做能得到救赎吗？你能得到什么？钱？老天爷，我真不知道为什么要和你聊这些。起诉别人能让婴儿起死回生吗？我们又该去起诉谁？通过电话下药方的儿科医生？药剂师？送药上门的小男孩？哪一个环节出的差错？我们到底又该起诉谁？我本可以读一下药瓶上的说明。我倒是可以起诉我自己。喂她药的是我。玛莎看到的只有这些，这件事是我做的，结果无法更改，除了我没有别人。

你同意她的看法。

我同意，都是我的错。

现在的安德鲁是一个自我放逐到瓦萨奇群山脚下一所州立大学的教书匠。刚开始我很喜欢这里的山脉。我九月初就到了，那是一个暖意未尽的夏季的末尾，山顶还残留着一点冬雪。我有一种居住在无人世界的感觉。离开城市后你会有这样的感觉。那个世界里的美国人喜欢搭乘。

你想说什么？

从山顶滑雪下来——那是一种免费搭乘。翻卷的海浪，湍急的河流，鼓动的风，都是这个星球提供的免费搭乘。它们应有尽有，等着你去搭乘、栽下来、摔死。

我明白了。看来你换了个不错的环境。

并非如此。我不觉得你在大山脚下住过。一两天后我开始明白，瓦萨奇群山主宰着整个小镇。你早晨爬起来，它们就在那里。你拐进一个加油站，它们还在那里。它们就这样以其浩瀚冷漠的面目存在着。你被它们殖民化了。它们调配光线，光线必须首先通过它们才能来到你面前。

我不太明白。

这些山脉吸纳光线，根据自己的心情把光线反射出来或吞噬进去。山脉官僚主义，别说是太阳，谁都不能拿它们怎么样。大学和当地一个带套间的汽车旅馆达成协议给访问教授提供住房。带塑料贴面柜台的小厨房，压合板家具。青绿深褐色的窗帘让人想起美洲土著的习俗。这也是瓦萨奇群山的做派——引入企业文化。我是学院敷衍潦草努力扩充课程的结果。我成为大脑科学系唯一的教员，平时连一个说话的人都找不到。如果说那些冷漠、彬彬有礼的人可以称之为我的同事的话，他们无聊之极。我痛苦又孤单。

一天，安德鲁路过学校那座建造得像飞机修理库的体育馆，通过打开的馆门，他看见一群正在训练的体操运动员和田径运动员：跳远的、跳高的、跨栏的、推铅球的、撑竿跳的。有人在练鞍马、吊环、平衡木和蹦床。每个人都专注着自己高强度的训练，仿佛他人都不存在，全身心地投入到自己与众不同的运动中，这让他想起培养皿里蠕动的 DNA 分子，如果给他们足够的时间，这些正在跳跃、撑竿跳、旋转的扭曲体最终会自行组成一条双螺旋线遗传密码链。一位正在高低杠上训练的体操运动员引起了他特别的注意。她是个身着像是连体游泳衣的运动服的金发姑娘，正在杠上前后翻转。她好像比其他人更人性化一点，似乎真的陶醉在训练之中。但是这个翻转技巧是准备性的——一旦她到达一定的速度，升到杠子上方，像一根箭头一样头朝下倒立起来，马上就又懒洋洋地向后跌落，开始下一个在顶端停滞、令人紧张得窒息的 360° 全旋。然后再次坠落到下一个旋转中去，不过这次是向前的翻转，整个过程中她就像一根发了疯的秒针。安德鲁不想被人发现自己在注视她，看她做完最后一次旋转、腾空，并以一个半蹲、双臂伸展的姿态完成全套动作后，他快速离开了。

这场景让我想起了什么，我曾经见过一位女子完成一个完整的空翻，她腾空而起，在空中翻转360°后，赤着双脚敏捷地落地站稳。你会觉得那简直是件不可能的事情。

在哪里？

她不需要借助任何平台，从在我看来有点像是一间舞蹈教室的木质地板上腾空而起，然后抱住脚踝，曲体完成惊人的空中旋转。她穿着男式无袖罗纹汗衫和习习生风的带褶子的灯笼裤，动作完成后她并没有看我一眼以寻求肯定。一位相貌平常的黑发女子，个头不高，小腿却滚圆结实，窄窄的双脚在跖骨处变宽。那个邀请我观看、我假定是她经纪人的肥头大耳的家伙说：你觉得怎么样？我告诉他这个演出需要增加一点内容。她的绝技只持续了几秒钟。作为晚间娱乐表演是不够的，我告诉他。我为什么要这么说？这和我又有什么关系？灯笼裤？这是一个梦吗？

后来我被告知这个家伙经常逼迫这个翻跟头的女孩就范。为了证明这一点，别人把我带到隔壁的一间卧室，透过窗户看他如何把她压在身下。这么说，这件事发生在你梦里了。

你迫不及待地希望证明我是在做梦。如果真是一场梦，那也许发生在我见到高低杠上的布萝妮之后。如果发生在那之前，发生在我来西部安顿下来之前，那就不是一场梦了。我在东欧待过。不过你怎么可能知道呢？我在布拉格学习过一年。这些捷克人身无分文。俄国老大哥监视着他们。当你坐在公园的凳子上，他们本国身穿蓝色碎花连体裤的秘密警察会从树丛里跳出来，给你拍张照片。我也在匈牙利待过，布达佩斯。那里有一条街道经历过二次大战，先是德国人从一个方向进攻俄国人撤退，然后按反方向，俄国人进攻德国人撤退。一条世界大战在上面来回的道路。一所中学的边上有一大片空地，是个庞大的无名墓地，草皮下埋着头盖骨和大腿骨。所以说那也许不是梦。但从另一方面说，我想不起与这个翻跟头的女子有关的其他东西，比如确切的时间地点。所以说它有可能确实是一场梦。我只记得它具有一种深暗和乏力的特质，有点像荧光闪烁的无声电影，发生在一间地板开裂、窗户污浊的旧房间里，也不像是天地宽阔的民主西方会产生的梦境。但是与布萝妮体操的关联提醒了我和她之间的差距，不仅仅是年龄和社会地位，还包括我们对生活的看法，更准确地说，是基于我们对生活的理解所形成的期望。

我们现在又在说谁？

真是很奇特，从这个灿烂美丽朝气蓬勃的年轻大学生脸上，我看到了某种内在的光芒，并由此对我自己阴暗的存在有所理解，其中的一部分也许发生在多年前的一个破旧舞蹈教室里，我曾被领去观看一个穿汗衫灯笼裤的女子如何把自己变成一枚飞行的导弹。

你后来又见到她了，那位喜爱运动的大学生？

你知道她是有名字的。

布萝妮。

我的未—婚—妻。

首节《基础大脑科学》课上，安德鲁正往黑板上写自己的名字，粉笔断成了两截。他只来得及说了声"那么——"，当他转身去找那截偏离轨道从耳边飞过的粉笔时，身子碰到了讲台，放在讲台上的书本全部滑落到地板上。他听见学生们在发笑。这时，布萝妮从这间被窗外群山注视着的明亮教室的第一排座椅上站起来，捡起地上的书本和那截粉笔。她没有像其他学生那样穿牛仔裤，而是穿了一件浅黄色带垫肩的连衣裙，但像别人一样穿着运动鞋。他觉得这样的搭配很好笑。她身材苗条，麦黄色的头发，有着天底下最白皙的皮肤，好像其中的一部分是由阳光构成的。安德鲁感谢了她的善意，继续讲课。她坐在座位上，长裙子下面运动鞋里面的两只脚尖对在一起，记笔记时头埋在笔记本电脑上，一名认真的学生，听讲的时候身体前倾。他在想她裙子里面的两条腿。

这时他意识到她就是高低杠上的女孩。

同学们早上好。浅黄长衬裙和运动鞋，早上好。今天我们开始探索意识，一个涉及所有意义的领域，它是语言的必要和充分条件，是每一个早晨好的起源。意识——**不是懒洋洋地坐在你旁边椅子里的那个一窍不通的粗笨蠢货认知世**

界的方法，如果你们去掉所有的假定，抹掉自己的情感，摈弃用以体现个体存在的家庭、学校、教堂和国家……废弃文明社会杂七杂八的技术，切断所有的线路，包括那些连接你们体内机制的线路，你们肠胃的状况，饥饿感，瘙痒感，流血流泪，站立起来时关节发出的"嘎啦"声，放弃，不管有多勉强，你小嘴微微张开，无声息地注视着我，我的声音在你体内荡漾，我的目光穿越你的空洞，你们不与任何东西相连，自由飘浮在想象中的没有一点星光的黑色空间里。没有可以依附的东西，你的思维无处着落，没有图像，没有声音，没有气味，没有任何触觉。你不居住在某个地方，你就是这个地方。你不在此却又无处不在。你和其他东西都没有关联，或者说其他东西根本就不存在。除了你的思维你无法思考别的东西。你处于自己灵魂的无底深渊之中。

哦，可爱的杂技演员，是的，也许我们的存在只不过是无形的，仅仅是分子海洋中的一股涓涓细流。但是鼓起勇气来吧！让你狂野的欲望把你带回尘世，带回到文明，带回到做人的权利，带回到你身体的需要。带回到我身边。我有那么多东西可以传授你，爱情就像脑震荡，把我们从麻木不仁震到绝望无边。

听起来不像是我熟悉的安德鲁。

在学生面前我成了另外一个人。

这么说你被迷住了。

嗯,我承认我很脆弱。不过她真的太迷人了。被打动了。你发现了生活的本质。而你原以为的生活只不过是洞穴里晃动的影子。

洞穴?

看来你从来不读圣贤书,大夫。那是大多数人居住的地方,我们中的大多数,把被幻想火苗照亮的洞穴想象成充满阳光的世界。而布萝妮则沐浴着阳光。刚开始我只是一个好色之徒,顷刻之间成为五体投地的崇拜者,随后,情况变得更加糟糕,我觉得没有她我根本活不下去。

同学们,早上好。**早上好,粉色膝盖和牛仔短裙里隐约可见曲线的优美的大腿。**你们也许已从上一节课中得出结论:我的论点只在理论上站得住脚;如果没有物质世界,当然什么都不存在,所以说心灵和物质世界是分不开的。没有物质世界就没有知觉,就像不借助光就无法看见任何东西。你不同意吗？**伏在笔记本电脑上，垂落头发框住脸的我的小可爱？**好吧，那么我们就来看看这个坚如磐石的真实世界吧。它在宇宙中占有一席之地，上面有关于生命的历史记载。到目前为止一切都还行。但是请注意，似乎并不存在一个生命存在的必要或充分条件，生命的形成不需要任何条件。你会觉得它需要空气，其实并不然；你会觉得它需要听到、看见、走动、游泳、飞行，用尾巴把自己吊在树枝上，其实不需要。生命并不需要特殊的形状和体积，也不需要从物质世界获取特别的东西，它可以诞生于任何东西。它可以居住在水下或一粒微尘中，它可以在冰里或者沸腾的海水中存活，它也许有鼻子耳朵，也许没有，它也许具备摄取养分或行走的能力，也许不具备，它也许拥有生殖器官，也许并不拥有，它也许有直觉，也许没有，即使拥有某种智力，但也可能不那么充分，**就像那个总能在你边上找到座位昏昏欲睡的蠢货，他打哈欠的时候眼睛都眯成一条缝了，你注意到了吗，我的罗甘莓？**所以从分类学角度说，对于形式千变万化的生命（无论是鱼、苍蝇、蜣螂、老鼠、蠕虫还是细菌），它们除了一个共同的目标外，没有任何其他的限制。那是存在于它们有的表现形式中的一个可怜的目标——存活下去。

因为当然它们从来无法做到,**能做到吗,我的重毛发宝贝**,如果说生命是无限形式中的某个可界定的东西,那么我们不得不说它只依靠自己,自生自灭。这样的话如果你试图依靠物质世界建立你的知觉就不那么可靠了,是不是?如果知觉不依靠物质世界存在,它什么都不是,即使它依靠物质世界存在,它仍然什么都不是。

这些就是我初步的思维实验——在向诸如爱默生①、威廉·詹姆斯②、达马西奥③等第一响应者求救之前,先从一个基本的哲学的绝望开始,然后是其余的命题。不过这肯定暴露了我只不过是个意志消沉的家伙。

那个蠢货是谁?

他根本就不是我的对手,真的。瘦高个,懒洋洋的,湿乎乎的黑发朝后梳,就跟人猿泰山似的。本校的明星橄榄球四分卫。我一旦介入了,他就半点机会都没有。

---

① 爱默生(Ralph Waldo Emerson,1903—1882),美国思想家、诗人,是确定美国文化精神的代表人物,被称为"美国文明之父"。
② 威廉·詹姆斯(William James,1842—1910),美国哲学家与心理学家,美国最早的实验心理学家之一。
③ 达马西奥(Antonio Damasio 1944—   ),葡萄牙籍美国神经生物学家,以研究人的情绪和理智与大脑生物学之间的关系著名。

那么"重毛发宝贝"又是怎么回事？

哦，我一时走神了，那是我留在记忆中的高中女朋友的形象，她那里的毛发很重。布萝妮不一样。为舒服起见，布萝妮穿弹力体操服时，总把那里的毛发修剪得很短。

校园里有不少西部金发女郎，大多数都是叽叽喳喳，自吹自擂，脑子里面空空如也，不是觉得自己漂亮得不得了，就是脸上的化妆品堆得眼看就要掉下来。布萝妮五官姣好，具有优雅的贵族气质，你会以为她是在英国科茨沃尔德丘陵地带或者某个波兰犹太小镇上的乡间别墅里长大的。不知为什么我总在校园里碰见她。骑车、在餐厅排队、和朋友聊天。难道这不是天意吗？每次来上课她都用微笑和我打招呼。我问她是否愿意在一个实验中充当自愿者，她同意了。就这样，一天早晨，我在她漂亮的脑袋上装上电极网——当然没把头发剃光，这只是个用来显示大脑繁忙程度的实验，并不是什么医学研究——我有理由把她的长发别到她耳朵后面。我呼吸着她的芳香，觉得自己像是站在阳光照耀的草地上一样。我用我带来的旧脑电图仪做了一个基本的脑电图测试。这台机器有点像测谎仪，非常简陋，不过对于基础大脑科学课程来说足够了。我把一张张卡片在她眼前晃过，看脑电图在哪里出现脉冲尖峰，在哪里布萝妮感觉害怕，在哪里她想起了什么，在哪里她会出现饥饿感，在哪里一个性暗示会让她激动。这是个直观性很强的实验，很初级的玩意儿，与定位无关。其他的学生站成一圈，一边围观一边说笑。那个蠢货也在人群中，脸上挂着愚蠢傲慢的笑容。我决定不让他及格，不是说这就能把他怎么样。不过我能看到学生们看不见的东西。我看到的布萝妮的私密比她赤身裸体时还要多。这不仅仅是窥阴癖，也是对头部的侵入，我承认，毕竟，教授的幻想成分要多于合理的科学推论。

你看见什么了？

其中的一张卡片是一张玩具马戏团的照片。一个穿马裤戴着顶高帽子的马戏大师站在单圈的马戏场中央，一群身着蓬蓬裙的女子站在小马的背上绕着马戏场奔跑，顶上一个穿紧身衣的男子头朝下地吊在一个秋千上，他用手悬空吊着一个身穿配套紧身衣的女子。这张照片竟然让我心头一动。儿童的欢乐仍然能够引起我的共鸣，为此我感到很不安。

另外就是对自己选择的领域的绝望。要想从事科学研究你必须具备足够的勇气。一篇关于大脑在我们意识到某件事物之前就已经做出决定的实验报告让我火冒三丈。

这确实令人不安。你不同意这个结论？

不同意倒是很容易。我可以说："等一下。这个实验可重复吗？站得住脚吗？"但是我自己的大脑接管了我，宣布了它对实验结果的支持。将会有更复杂更精密的实验，并最终确定所谓的自由意愿只是一种幻觉。

不过的确——

一天早晨，我课讲到一半就停了下来，脱口说出原本没打算说的东西——那段像是我还没有准备好的认知学课程的开场白……[思考]

你说了些什么？

什么？

你在课堂上脱口而出的。

我提出这样一个问题：明明是我的大脑在进行思考，我怎么能够去思考我的大脑？难道说这个大脑假装我在思考它？这年头我谁都不相信，更别说我自己了。我只是一个神秘产生的意识，它只是几亿个意识中的一分子这个事实并不让我觉得有所安慰。这就是我对他们说的话，说完我捡起书本离开了教室。

嗯。

"嗯"什么？你还记得伟大的海因里希·冯·克莱斯特①为什么自杀吗？他读了康德，康德说我们永远理解不了现实。他应该来西部，海因里希。那样他就不会自杀了。这里不会出现知识分子特有的绝望。与这里的山脉和天空有关。与这里的橄榄球队有关。

这么说你的理性危机是反常的了。

下一堂课只来了一名学生，布萝妮。我们改去学生活动中心喝咖啡。她有点担心，皱着眉头，同情地看着我。和她相对而坐我才意识到她从来不像其他年轻女孩那样搔首弄姿，用手指梳理自己的头发，把松开的头发系起来，再把捆好的头发松开，那些自我意识的小动作。布萝妮从不这么做，她端坐在那里，一动不动，体内没有自我关注的暗流。新学期刚刚开始，学生还可以更换所选的课程，她知道这对我很不利。教务长肯定会找我的麻烦，但是面对这样一个尤物我还会在乎别的？我脸上挂着悲哀的表情，沐浴在她的同

---

① 海因里希·冯·克莱斯特（Bernd Heinrich Wilhelm von Kleist，1777—1811），德国诗人、戏剧家、小说家，其戏剧代表作为《破瓮记》。

情里。她隔着桌子伸过手来，好像是要安慰我。她不想流露出觉得我很怪异的表情。她总觉得自己有义务与被排斥的人沟通。

她的背景是什么？

她的背景？瓦萨奇群山。

不是，我是说——

你想知道她是哪里的人，这个非同一般的孩子，她的父母是谁，是由什么样的家庭培养出来的？

是的。

有那么重要吗？电影不会告诉你里面的角色在哪里长大，除非那是一部关于成长的电影。他们从来不说你的英雄出身何地，与谁有关系，你会发现他们就处于现时当下。你只关心银幕上的他们，你只知道你当前看到的他们。没有历史，没有过去，只有他们。

这是电影吗？

这是美国。相互了解之后我们去山里徒步，我和布萝妮。你只要在街上走上几步，就会发现自己处在一条山路的脚下。瓦萨奇群山让你知道它们的存在，哪怕你背对它们，哪怕你正驱车离开它们，你都能感受到它们。群山不仅随光线变化，也随温度的不同不停地变幻，像变换情绪一样变换着色彩，但不管怎样它们总在那里，一群山神，低矮的山头参差不齐夹在山峰之间，这个高一点，那个矮一点，但连成一片，一个古老庄严的联盟，山路坑坑洼洼，到处是致命的积雪，但还残留着上一年枯黄的常青植物。随后山路陡峭起来，像是厌恶让它们不开心的朝圣者，朝远处天空下的峰顶陡升。在小镇住久后，你会知道大山才是这里的统治者，把你包围起来，你成了它的臣民。布萝妮穿着白色短裤，腰带上挂着水壶，梳成马尾辫的金发从棒球帽后面的开口处穿出来，还有她的登山鞋和与脚踝齐平的袜子，圆滚滚的小腿。我跟在精力充沛的布萝妮身后，需要使把劲才能跟上她——有一阵我甚至担心自己会被她甩下——她翻过大岩石，有时不得不四肢着地或抓住突出地面的岩石，越爬越高，这时候我无法继续沉溺在对她大腿的注视和紧身短裤的崇拜中，山路更像是一串神秘的西藏台阶，通向佛教徒寻求的无需语言的本真之境。

我只不过随便问一下。

你缺乏同情心，不知道该在哪里打住。你想象不出我的感受，拥有她却一刻忘不了自己杀戮性的不当行为。我在最幸福的时候也是最危险的。为了不让自己成为伪君子安德鲁，我得时刻集中精力，检点自己的所作所为，专注生活中的每一个细节，时刻看管好自己，小心翼翼地、仪式性地留意自己所做的每一件事情。我无法和你聊下去了，太痛苦了。你理解不了。哪怕说出她的名字也会要了我的命。我再也听不到她的声音了。

你，还有一双能听到声音的耳朵？

我仍然可以召回我早已离世的父母的声音。只要给我一点时间，我就可以清晰地听到他们的声音。我听到的是他们的品行。我母亲的实用性。我父亲可怜的推诿。死人的品行保存在他们被人记住的声音里。这个声音是死人留下的能够代表他们的东西，尽管人已经不在了，但那些声音片段呈现他们的品行。

但是你说，她的声音消失了，布萝妮的声音？你听不见了？也许这就是我无法更好地了解她的原因。我能听见你的声音，能感觉到你对她的思念。但是它好像挡在了中间，你的声音。除了爱好运动，她还有什么特点？她是学数学的吧？也许这两行是相通的，数学与体操。在高低杠上做几何题。

谁说她是学数学的？你怎么知道的？

你不是说？

你是中央情报局的？

别闹了，安德鲁。

我真不知道为什么要和你聊这些。

我觉得我能借助你对玛莎行为的描述来了解她。但是对布萝妮就做不到。

她是年轻人，还在成长。聪明天真，不矫揉造作。她从不摆出一副觉得自己漂亮得不行的样子。她像一个大孩子，特别好动。她要是喜欢上某样东西，一定是充满激情。她有她最喜欢的书、最喜欢的乐队。她真的是在学习，能写出语法正确的句子，你知道这在本科生中有多稀罕吗？她对生活和前途充满了自信。

我明白了。

玛莎已经成型。布萝妮在成长。你是什么样的精神病医生，连这个都不懂？你就像通过他人经验来感受和生活的人一样没心没肺。你就是这么干的，是吧？借助我来生活。我是你的食粮。老天爷！难道你就没有自己的生活吗？

不是这么回事。

这里的时间还是对不上。你和布萝妮什么时候结婚的？

我们从来就没有结婚。

她是你的妻子。

她当然是我的妻子，但是我们从来没有结婚。我们没能走到那一步。想要成为法律上的夫妻，两人必须过了如漆似胶的阶段，我们从来没能超过这个阶段。在我们心中我们是结了婚的。我们不需要别人告诉我们。我们是安迪和布萝。一个周六的下午，我去看学校的橄榄球赛，她当然在那里，站立在拉拉队员搭起的金字塔顶端，欢呼结束时以一个天鹅入水的姿势栽进其他队员的手臂中。

我早该知道了……

此刻他也在那里，那个蠢货，护具头盔佩戴齐全，率领他的人马布好阵势，他蔑视地瞟着防守队员，镇定、权威地执行着他的进攻计划，有效地让队伍在场上推进。我看到他扔出一个四十码的旋转球，橄榄球完美地落在接球手的手臂里。达阵。全场的两万观众起立欢呼，军乐队奏起胜利进行曲，几个装扮成大猩猩的白痴在站台前面跳起快舞来，我意识到我进入了一个威力无比的部落文化里，看来要想把她从里面拉出来，我得花点心思。

我记得你好像说过，只要你介入了，那个蠢货一点机会都没有。

嗯，谁让我是长着一双深色悲哀眼睛的安德鲁呢。即便是在满怀激情地讲课，我眼睛里也会流露出求助的目光。对布萝妮来说这是一种特质的流露。讲台上教师的弱点对她来说是一种崭新的课堂经验。她凝视着我，很专心。[思考]从高中起我就知道我对女人具有吸引力。我的第一个女朋友是布朗克斯科技高中对动物学入迷的书呆子。她说我有一双叶猴的眼睛。放学后我们去她家的公寓，趁她父母不在搂搂抱抱。

全因为那双柔情似水的眼睛。

嗯，外加我的卷发，尽管现在已经褪色了。我一直比较帅气，属于瘦弱型的。而且我有个性。我属于那种傲慢无礼的高中生，肢体灵活，对什么都不屑一顾。实际上，大夫，我在女人方面一直很成功。但是与布萝妮的关系不一样，是颠覆性的。一种神经系统的突然复位，我发现自己重新拥有了巨大的爱的能力。过了很久，当我们住在一起后——实际上是我们刚刚知道布萝妮怀孕了，一起去吃晚餐庆祝——布萝妮承认了自己革命性的体验，她说，有一天我在课堂上意识到我其实一直在等你。而你就在那里。这是怎样的一种认同感。就像是命中注定的一样，她说。

但是此刻，在瓦萨奇的山峰上，我只知道自己的感受。不过不能草率行事。采取行动之前我需要更多的了解。至于了解什么，我并不知道。[思考]

什么？

埃米尔·詹宁斯[1]。

什么？

我不想成为电影《蓝天使》里的詹宁斯。

你还记得那部电影吗？那个爱上酒吧歌手玛琳·黛德丽[2]，并最终在她庸俗的演出中扮演一名小丑、像公鸡一样"喔喔喔"叫的家伙。为了娶她他抛弃了一切，当然，她到处和男人睡觉。他的一生都毁掉了，工作、尊严，全没了。

---

[1] 埃米尔·詹宁斯（Emil Jannings，1884—1950），德国男演员，首届奥斯卡奖影帝，在电影《蓝天使》中扮演男主角。
[2] 玛琳·黛德丽（Marlene Dietrich，1901—1992），著名美国演员。一生共拍了五十多部电影，曾在《蓝天使》里扮演女主角。

一天晚上他跌跌撞撞地回到空荡荡的教室，死在了他的办公桌旁。你从来没看过这部电影？

没有。

至少他还有一张办公桌。

当然，不能拿布萝妮和魏玛的颓废酒吧歌手做比较。但另一方面我也知道，不管做什么我都可以把自己毁掉。我能想象她用一种"一—切—都—结—束—了"的悲哀眼神，看着我用西部的"喔喔喔"的方式跳下山顶。当我们坐下来喝水，平息我们的（应该说是我的）喘息的时候，我对她说，布萝妮，很少有人能够怂恿我爬这么高的山。

但是教授，这不是很好吗？你不高兴吗？难道你不开心？爬山能让脑子里好的激素活跃起来。

我说：别叫我教授了，叫我安德鲁。别的学生都是这么叫我的。

她笑了。好吧，我会这样，那么，安德鲁。我不知道什么能让你，教——我是说安德鲁。我从来没有见过像你这样的人。

这话怎么讲，我说。

我也不知道。和你在一起我不觉得无聊。不对，不应该这么说，我生活中不存在无聊，我有太多的事情要做——

那倒是真的。她有她要上的课，她的体操，她的拉拉队，她在教工食堂做招待生，周末去当地的一个养老院工作几个小时。

——但是你的喜怒无常，她说，我也说不清楚，太不同寻常了，太有威力了，这几乎像是你的生活方式。在学生面前袒露自己太有个性了，几乎像是一种力量的表现，像是一个痛苦的人敢于当众承认自己的痛苦。有时候就像是，我也说不清，一种非常庄严的世界观。

我随后说道：布萝妮，我觉得如果我们按照我希望的进行下去，我最终会让你沮丧得不得不嫁给我。

哦，她笑得那么开心！我和她一起大笑起来。在这一刻我俩不再是师生关系。她肯定也意识到了这一点，因为她沉默下来，不再看着我。她拘谨地拧开水瓶的盖子，把水瓶举到嘴边。我注意到她喉咙处淡淡的红晕。[思考]

然后呢？你想说？

没有，我在想问题。假如有这样一个计算机网络，它具有超出我们想象的能力。

这又是哪一桩？

我记得我问过她这个问题。先别说计算机网络，就说有这么一台了不起的计算机吧。假设这台计算机有能力记录并存储地球上每一个活着的人的行为、思考和情感，每隔一毫秒就记录一次。我是说如果所有存在过的东西都变成这台计算机的数据——就好像它是个仓库，里面存有人类所有发生过的行为、思考过的问题、经受过的情感。而且因为人脑包含记忆，这台计算机也会把记忆记录下来，这样的话尽管时间在往前走，我们可以逆流而上，回到过去。

即便对于计算机，这个任务也够艰巨的。

这个宝贝不一样。考虑一下有可能存在你不知道的东西，大夫。

我每天都在考虑。

让我告诉你一件你可能不知道的事情：人类细胞的染色体是有记忆的。你知道这说明了什么吗？作为进化而来的人类，我们的基因里存有远古的记忆，那些活在古代的人的记忆，不属于我们的经验的记忆。这不是不切实际的空想，神经学家会告诉你同样的东西。我们只需要合适的程序把细胞知道的东西提取出来，它们记住的东西。

听起来蛮有诗意的。

我们是在谈论科学。听我说，我说的这种计算机将结束所有记录生物大脑和身体活动的计算机的使命——我想说，把动物也算上吧——只要愿意你就能够回到过去，就像向前走一样容易。你同意这一点吗？

同意，安德鲁。

所以我想说的是，我想说的是……

什么？

……至少从微观遗传层面上说，是否存在根据过去的人的某些碎片和基因记忆，重新组合出一个完整的人的可能呢？

你不是在说克隆吧。

不是，真该死，我没在说克隆。我们在谈论这台计算机能够打开每个人大脑里每个细胞的密码，根据死去的人的经历把他们重新组合起来。是不是有点像转世投胎？也许不那么完美，你无法总能见到她，也许你伸手触摸，会发现那只是她的影子，但是她会在你身边，爱也在那里。

我们现在又在说谁？

我也不知道为什么要告诉布萝妮这些，走火入魔了？如果这台计算机能产生解读细胞结构的代码，在我们出生、死亡、被烧成灰，烂在棺材里后的结构，当然，这是一台无所不能的计算机，我们可以重新得到失去的婴孩、失去的爱人、失去的自我，把他们从死亡里带回，在人间的天堂里重逢。你明白了吗？

好吧，也许从纯理论的角度……

但是如果你接受这个假定，逻辑上就没有问题了，你同意我的观点吗？

我同意。

但是你还是不知道这台计算机有什么用途吧，知道吗？哦，大夫，如果真有这样一台无所不能的计算机。我是说，不管它叫什么。我就能重新得到我和玛莎的孩子。我就可以重新得到我的布萝妮。我们就能带上我们的宝宝回家，我们又会是一个家庭。

II

你让我写日记，记流水账。写作就像是与自己交谈，我一直在与你做这件事情，大夫。所以这又有什么差别呢？我从新英格兰给你写信：今晨的冬雾像是被冻住了。去田野里走走是为了感受自己的呼吸，把清脆的破冰声和圆柱状的身形留在身后。不过我需要这样的地方。这里给我一种安全感。我想说的是，我俩都知道，每次踏进你的办公室，我都让你置身险境。

过了一会儿，起风了，风把雪刮到我的窗户上，我不得不开灯。这儿除了小木屋主人留下的一套马克·吐温全集，没有其他可以阅读的东西，马克·吐温的缩写"MT"烫印在已经开裂的书脊上。MT用这种方式处理生活：把成年人的故事讲给儿童听，再把儿童的故事讲给成年人听。难道不是吗？要不就是用滑稽可笑的怜悯来描写他的邻居。他为了自己的妻子去可笑的教会，投资一台无法运转的莱诺铸排机，与波士顿上层社会推杯换盏，狡猾地讽刺那些晚餐后发表演讲自鸣得意的绅士，记录下王位继承者的暴行。但不管怎样，他总是把自己融入社会，妥帖地置身于被西尔①称作"社会的现实结构"之中。我教过那个家伙的那本著作。

就在这一刻，一只迎风展翅的傻海鸥一头撞在了窗户玻璃上，响如闷雷。这只可怜的鸟滑过窗户上的积雪，留下一道红色的污迹，其间它玻璃球状的眼睛与我对视了一下。

新的一天：透过迷雾我看见木头堆上一只弓着背的绿鹭，蜷缩成一团，一只忧郁的鸟，我们当中的一员。

过了一会儿，天空放晴转冷，风抽打着海水，我在想象某处的一个暖洋洋的沼泽，里面到处是活蹦乱跳的卡拉韦拉斯青蛙②。我是说，你读过他的书，他确实写到过这个。不过对我而言，MT狂妄不羁的幽灵源自他无拘无束的童年以及对自己参与创造的暴君的憎恨。

从他字里行间我看到了他面对生活表现出的无能为力，晚餐后的松懈，他那出人头地的体面在自己创造的角色面前

---

① 约翰·西尔（John Searle, 1932— ），出生在美国的哲学家，在语言哲学、心智哲学和社会哲学方面做出了重大贡献。
② 马克·吐温有一篇幽默小说的名字就叫《卡拉韦拉斯青蛙》，写一个喜欢打赌的人的故事。

不堪一击。他深爱的女人，不见了，挚爱的孩子，失去了，他看着镜子里的自己，憎恨发白的发须和楚楚衣冠带给他的虚假外表，所有这一切都聚集在他模糊双眼中暮年的智慧里。现实世界可能只是他的幻觉，而他只不过是颗徒劳地漂向永恒的游荡的心灵，这让他备感绝望。

你看这只蚂蚁，他说，多么愚蠢，多么无能，把一片苍蝇翅膀从这里拖到那里，一小块石头挡住了去路，它就拖着蝇翅翻越这块石头，又爬上青草的叶子，因为不知道它并不需要这么做，它以为自己在去某个地方，MT 说，乌有之乡，才是他要去的地方。

又一个早晨。我来到海边，鱼鹰在海面上盘旋俯冲，三趾鹬在泛着泡沫的海边蹑足行走，阴影般的蓝鱼则等着海潮把它们扔回大海刮得干干净净的胃里。

这就是你，上帝。你说的骑着昂然的海中怪兽的人是谁？约拿[①]？当他叉开双脚踩在那条大鱼的两条肋骨上，成

---

① 约拿是《圣经旧约》中的先知，被一条大鱼吞噬，三天后被完好无损地吐出。

千上万的鱼从他身下流入大鱼张开的血盆大口里，除了寻找出口的电鱼发出的光亮外，里面漆黑一团，抗拒着海潮，抗拒着月球引发的潮汐，抗拒着承载海洋、把山脉前后摇晃得隆隆作响的地球每天的扭动……

……在这个用重力把我、马克·吐温，还有我亚麻色头发的童话美人牢牢吸住的地球上，我们横跨美国途中，我的爱人借助手电筒的灯光念书给我听。她念给我听在马克·吐温生命的最后几年，当他的幽默变得生涩，带着怒气，当他借着月光看到夜鹭的隆起夹在两肩之间，他意识到不可能讽刺或者戏仿都不能抵达那个不可能的世界了。

所以，大夫，我写信告诉你我完全同意：生命——仍然不确定，也永远无法完善，虽然死亡已经是个天文数字——不是一部电影。在我的内心深处，我看不见身穿白袍的D罩杯女王降服无数看上去像我、但头戴有尖铆钉的头盔、手持长矛盾牌、小腿上捆绑着皮条的百户长，这些采用染印法特技的电影把古代帝国的幽灵涂画得几乎与我们一样。

哈，可是当他们不发出声音，而由字幕代替他们说话的时候，这些场景实在是太诡异了，银幕上的字幕是为了让我们看得更清楚更明白，但它们遮住了我们的视线。一个神秘翻译机构的介入，用我们自己的语言把我们与影子世界联系在一起，在那个世界里，那些神似我们的人披甲戴盔，打着黑领结，嘴里含着烟嘴，在相互交谈，但是他们来自一个遥远的世界，尽管彼此相谈甚欢，你却听不见他们在说什么。

真他妈的糟糕透顶了，那么多的生命在浪费时间，沉溺于欢乐，不去勇敢地面对生活，隆隆作响的冰山在分离，海啸冲毁海岸，干旱使得玉米颗粒无收，不去领略高山大海，却居住在城市里，坐在挤满人的地铁车厢里，打着雨伞奔向一辆计程车，去剧场，听马勒，无动于衷地看着新闻……所有的新闻似乎都发生在别人身上，发生在别的地方。直到发生在我身上。当它终于发生在我身上后……

很有意思。安德鲁。有点出人意料。

那当然，这么说吧，独自居住在小木屋里时，我变了一个样。

我几乎都放弃你了。

我不知道我在这里干什么。

我还可以告诉你这个故事，冬天的一个下午，为了归还偷来的洋娃娃，还是个小男孩的安德鲁来到他小女朋友的家门口。他母亲坚持让他敲开门，不找任何借口，也不能暗示他是在街上捡到的抑或其他任何与事实不符的托词，直接说他趁她不注意拿走了洋娃娃，对不起，他不会再这么做了。安德鲁照着母亲说的做了。小女孩从他手里夺过洋娃娃，当着他的面使劲关上大门。回家路上，他在一块冰上滑了一跤，眼镜也摔破了。

这是在哪里？

新泽西的蒙特卡姆。一个不如它的邻居格伦维尔富有的小镇。陈旧的两三层楼住宅，部分住宅建有带玻璃门窗的回廊，藏在沿街那排没精打采的树木后面的前院多数无人打理，乱糟糟的，房屋的外部也需要油漆了。一旦进入格伦维尔，你立刻会觉得一切都更明亮，前院是修整过的，树木看上去郁郁葱葱，房子更大一些，之间的距离也更宽。美国总会告诉你谁钱挣得更多。

你为什么要偷洋娃娃？

检查她的身体。这是个女洋娃娃，我需要证实一下我的怀疑。

你小时候戴眼镜？

我一直近视。你问这个干吗？我想跟你说点什么。我一直生活得不顺利，总是麻烦不断。你知道"肚皮着地"这个游戏吗？你抱着雪橇往前跑，速度起来后，飞身扑倒在雪橇上，就上路了。

在你的"自由飞翔滑雪板"上。

很好，大夫，与时俱进嘛。蒙特卡姆没有真正的山丘，我家门前的那条街道是个缓坡，所以我们利用车道获得动能，这是我们的训练方法，利用车库稍高的地势，在车道上跑到一半时开始"肚皮着地"，到达车道尽头后扭转雪橇的把手向右转。如果转得太急，雪橇会侧翻，把你甩出去。所以在我说到的那一次我没有急转，而是一点一点地转，直到越过街对面人行道后还没有完全转过来。还需要补充一点，那时已是黄昏，这个时候你本该待在家里。你脸庞红扑扑的，流着清鼻涕，眉毛上沾满了雪花，雪也钻进了衣袖和靴子里。一声汽车鸣笛声。我抬头看见一辆别克车的齿状前挡泥板。那人已经踩了刹车，车子向后绕着我完整地转了一圈，360°，就像是在表演车技。开始时他在我后面，后来他就到了我前面，这期间车子一直在反方向旋转，随后我听见"嘣"的一声，就见车子撞上了街边的一根电灯杆。那个男人自始至终都在按喇叭，一种管乐三全音的喇叭声，好像是在宣布一个节庆日，不过车子撞上灯杆后，喇叭声变成了渐弱的连续刺耳的响声，听上去极不舒服。我见他撞得很凶，把灯杆都撞倾斜了。我从雪橇上爬起来，靠近了一点。车子的驾驶员侧撞在了灯杆上，按住喇叭的是他靠在方向盘上的头，他的两只手耷拉在身边。明白了吧？

明白了。

我们搬家去了纽约格林威治村。父亲说是为了离他工作的纽约大学近一点。但是我知道自从发生了那起车祸，我们在蒙特卡姆成了不受欢迎的人。由于我总这么认为，父亲对我说：儿子，玩雪橇的小孩子那么多，谁都有可能挡住那辆车的路，只不过正好让你碰上了。他并不比我更相信自己说的。他知道假如有一个孩子造成一起致命的车祸，肯定会是我。

你父亲是个学者？

他从事科学研究。分子生物学。他说科学就像一束不断扩大的探照灯光束，照亮越来越广阔的宇宙。但是随着光束的扩大，周边的黑暗也在扩大。

我觉得那是艾伯特·爱因斯坦说的。

在城里住着我觉得很孤单，没有朋友，父母给我领养了一条狗，一条达克斯猎狗。他们说由我负责遛狗，照料它的生活，训练它服从命令。了解狗的大脑如何工作是件很有意思的事情。结论是狗没有大脑。它有一只似乎起着大脑功能的鼻子。当然，这个鼻子"大脑"的主要功能是处理嗅觉。因为有了这条狗，我开始注意公园里的狗，它们总是互相嗅来嗅去，用小便在水池的底部、树根和棋桌等地方留下它们的密码。我不明白它们用这些讯号干什么。也许这只不过是一种通讯方式，像电子邮件。它们会计算出这些嗅觉上的讯号，然后尿出它们的回应，再继续往前走。这是在华盛顿广场公园，很多人去那里遛狗。那里会有赛狗，就像这个城市发生的其他事情一样，你可以在有限的空间里做任何想做的事情。

听起来你像个老纽约。

我的短腿小狗想要加入到比赛中去。看着它摇摇晃晃地追赶那条已经掉头往回跑的大狗十分有趣，没等它转过像塞得鼓鼓的香肠的身体，那条大狗早已经过它朝另一头奔去。

你给狗起了个什么样的名字？

我还没来得及做这件事。我当时发现自己有点瞧不起它。我是说，你无法羞辱它，这是它智力缺陷的一个标志。不管你对它说什么，怎样使劲拉扯拴它的皮带，都不会冒犯它。我要说的是一天下午，当时我正领着它穿过公园回家。我们住在广场西边的大学公寓里。那里树木要茂密一点，所以树荫也多一些，人也少，也更安静一些。我要说的可不是《汤姆·索亚历险记》里的某个片段。

我倒宁愿相信是。

我看见一条板凳下面有一个像是"斯巴登"球的东西，这是一种很贵的粉色橡皮球。我不是很确定。我跪下来，把头伸到板凳下面，想看清楚一点。我肯定是在这个时候松开拴狗的皮带的。接下来就听到我的狗发出一声惨叫，又尖又长的男高音（一种对狗来说极不自然的怪叫声），我环顾四周，只见拴狗的皮带在空中舞动。我没多想，就一把抓住皮带——一种条件反射——捉住狗的老鹰翅膀的拍击立刻传到了我的手臂上，就像是我跳动的脉搏。原来是一头红尾鹰。你会认为我会把狗拉下来，也许会一并把那头老鹰拉下来，除非它放掉它抓住的动物，但是鹰的爪子已陷进达克斯的脖子里，过了一阵我终于明白什么叫做无法抗拒。[思考]是的，我接触到的是一种不屈不挠的有节奏的力量，盲目，没有人性。有那么一阵，鹰被我悬在半空中，尽管它扇动翅膀，但也飞不走。我不是百分之百的确定，不过觉得在我松开手，看着这只大鸟飞上一棵树顶之前，我已被它拉扯得只剩脚尖着地了。老鹰把达克斯的脖子按在树杈上，开始啄它的眼睛，狗被吓得动弹不得。拴狗的皮带像一根垂落下来的藤蔓。

你为什么松手？鹰的力气太大了？那时你多大？

七岁，八岁，不记得了。不过让我想想看我是在什么时候觉得没有希望的。是因为太害怕才松手的？难道在鹰爪陷入狗身体的那一刻我就知道它彻底完蛋了？我并不确定。也许是出于对上帝的世界的顺从吧，我只能让步了。我往后退了几步，好看清楚树上的情况。老鹰并不朝下看，我们的挣扎对它没有丝毫的影响，它无视我的存在，撕扯着小狗，我还记得那对振动的翅膀给我瘦小的胸脯带来的战栗。尽管如此，我还是哭着跑回家。都是我的错。这下你全知道了。早年的安德鲁。我假设你对童年感兴趣。

嗯，会有一点启发。

说到狗，在我们出发去加州的前一天，布萝妮捡到一条走失的野狗，坚持要带着它上路。

这是什么时候?

校园里有很多狗,作为狗主人的学生让它们四处乱跑,最终把它们遗忘了。布萝妮说这条狗用哀求的眼神看着她,她实在狠不下心来。这是一条黑白相间的大狗,松软的耳朵耷拉着。它前爪搭在我的座椅背上站立着,在我开车的过程中不时用湿乎乎的鼻子拱我的脖子。

你们去加州干什么?

她给狗起名皮特。它就该叫皮特,你觉得呢?她说。她已经转过身子,跪在前排座椅上,越过我的肩膀去爱抚那个该死的东西。对,她说,你就该叫这个名字。

当时我的占有欲极强,不能忍受任何人分享布萝妮的爱,甚至连条愚蠢的野狗都不行。我要求她百分之百的关注。我嘴上没说什么,但心里愤愤不平,好像邀请我同行与她对狗的热情没两样,都是她的一时冲动。

你们为什么要去加州?

而且那个蠢货在宿舍前人行道上和我们告别,或者说和她告别也于此无助。

那个蠢货有名字吗?

我不知道。什么杜克。还能是什么?她在他嘴唇上轻吻了一下，抚摸了一下他的脸庞，进到车里关上车门，在我开车走的过程中，回首向他挥别。有个声音在我脑子里说道："踩油门！"那是每部三十年代的电影里的男主角对计程车司机说的话。我脑子里的那个声音定义了这个时刻你：我和这代人有代沟，我和他们的时代脱节了。我没有通过正当的手段得到这个女孩。

显然她在这件事情上是有选择的。

我告诉你我的感受。布萝妮知道我离过婚，但也就这么多。我曾想对她彻底坦诚，但是一直无法开这个口。显然，我成了她的一个课题。

她的课题？这么说你还是不知道她爱得到底有多深。

我感觉得到她对我的兴趣，她很迁就我。除此之外就难说了。不是说我就纯真无邪。只要我越沮丧，她就越发地关心我。这样的情况持续了整整一学期。我可以做出虚无绝望的样子，哪怕需要说假话，我可以做出恰当的表情，尽管在心里笑得像个大傻瓜。这也是管住我不对她动手动脚的唯一方法。不过她在吸取我的教导，她阅读教材，从她嘴里说出的每句大胆、深思的话，都可以归功于我的传授。布萝妮有年轻人理性的自信，能把学到的东西变成自己的。她甚至提到了大脑的边缘系统①，并用询问的目光看着我。我立刻把话题岔开了。

为什么？

边缘系统受到损伤后，除了产生其他问题，还会抑制人的感情。让你变得冷漠无情，一副半死不活的样子。精神上受到创伤的人常伴有边缘系统功能紊乱的症状。

你觉得自己有过类似的经历？你精神上受到过创伤吗？

只被生活伤害过。和布萝妮一起的时候，我的边缘系统没有一点问题。我的海马回和杏仁核②都工作正常。欢呼雀跃、吹口哨、做后空翻。幸运的是我的教程还包括以下阅读材料：威廉·詹姆斯、杜威③、罗蒂④，还有法国存在主义，萨特和加缪。她埋头学习这些人的著作。

---

① 大脑边缘系统是指高等脊椎动物中枢神经系统中由古皮层、旧皮层演化成的大脑组织以及和这些组织有密切联系的神经结构和核团的总称。
② 杏仁核又名杏仁体、扁桃体，是基底核的一部分，位于侧脑室下角前端的上方，海马体旁回沟的深面，与尾状核的末端相连。杏仁核是边缘系统的皮质下中枢，有调节内脏活动和产生情绪的功能。引发应急反应，让动物能够挺身而战或是逃离危险。
③ 约翰·杜威（John Dewey，1859—1952），美国著名教育家，实用主义哲学的创始人之一。
④ 理查德·罗蒂（Richard McKay Rorty，1931—2007），美国哲学家。

基础大脑科学课程的阅读材料？

嗯，他们中的大部分人被我彻底搞晕了，即使明白了一点什么，也不是很喜欢。我发现这帮孩子没有什么特别的宗教信仰，上帝对他们来说只不过是一种假设，就像事先安装在电脑里的程序。不过如果说要挑选一门适合意识、适合大脑研究的哲学，我主张实用主义或者存在主义。也许这两种都要。你看，这两种哲学都与上帝无关。没有灵魂。没有狗屁的形而上玩意儿。布萝妮明白这一点。不过对她来说，多一点戏剧化和人性的提升是一种痛苦的自由。所以她选择了存在主义。在我看来她在运用自己的知识方面又像是实用主义。我显然属于存在主义学派。我不受心理学的限制——我的这个特征由来已久。这似乎让我俩的关系更加牢固。她愿意和信奉存在主义的安德鲁待在一起。她会亲吻我的脸庞，带着两杯咖啡出现在我的办公室。我想跪倒在地，亲吻她的衣边。这个纯洁的西部尤物从我的存在主义里发现了在她看来是十九世纪浪漫主义的复苏——安德鲁站立在悬崖边上，手背压住双眉。

我们成为恋人只是时间问题。第一次是在她宿舍里。她脱了衣服躺下，在我脱衣服的时候把脸转向墙壁。天啦，把这个颤抖的妙人儿抱在怀里。从那以后她总是骑车上我这儿来……我记得有天清晨她叫醒我，我们跌跌撞撞爬上旅馆的楼顶去看日出，看阳光点亮群山。我怀疑这个牛仔之乡从未有人采用过我的这套勾引术。我把她带离她所属的时代、位置，我甚至嫉妒一条与我们同行的捡来的野狗。

如果我理解得没错的话，你与你的梦中女孩正行驶在去加州的路上，这样那样的原因，你居然因此痛苦万分。

我们去见她父母。你觉得呢？

在布萝妮的引导下，安德鲁来到洛杉矶南边靠海的一个小镇，离洛杉矶约一小时的车程。他从沿海高速下来后，上了一条地方公路，公路两边零星散落着色彩柔和的小户型住房，这些房屋主要由灰泥砌成。每家门前都有一小块花园，种着出奇多的热带植物，正在开花。也许是由于连续两天驾车劳累所致，就连满脸兴奋地指着一条分割相邻房屋的车道的布萝妮也让他心烦意躁。那个朝大门跑去，猛地推开门，消失在里面的人是谁？肯定不是那个身穿体操服，令人惊叹地倒立在高低杠上，那个在基础认知学实验室认真接受大脑扫描实验的妙人儿，也不是一个老头子的情人。对她这个年龄的人来说，回家就是回归童年。安德鲁站在车边，双手搭在臀部，四下打量着。四周没有一点树荫，白色人行道上热气腾腾。他不愿意承认自己有多紧张，手足无措得像对这个孩子献殷勤的卑鄙色情骗子。

我能够理解，此时此刻对你来说很不容易。

是的，我不想跟在她身后。那栋房子离街尽头的护墙只有几步远。我发现自己俯视着一片覆盖着藤蔓的山坡，一直通向挤满人的海滩——到处是兴高采烈的人群，晒日光浴的，玩沙地排球的，儿童在水边拾贝壳。大多数人耐心地趴在冲浪板上，随着蓝色的海水颠簸漂流。再远处是点缀着帆船的太平洋，在所有这一切的上方，雾蒙蒙的天空里，血红的太阳显然做好了沉入大海的准备。在我老家，太阳总是坠入大地。

布萝妮在房前招呼他，挥手，微笑。他转过身来，注意到前面停着的她父母的车子，一辆红色的莫里斯。现在你再也见不到这样的车子了。大门口，布萝妮拉起他的手。他们在后面，她说。穿过屋子去后面花园这段不长的路上，安德鲁有种印象——怎么说呢——这是一栋康复住房？通向二楼楼梯的台阶是那种半级的，每一级都不高，放了垫子的椅子和沙发都连着脚凳。厨房中央的岛型橱柜台配备了台阶。只要是需要够着的地方都配备了斜坡和扶手。整所房子闻起来非常清洁，几乎像是消过毒的。安德鲁穿过房屋时观察到的周遭情况，在他到达花园后都一清二楚了，微笑着起身欢迎他的布萝妮父母并非残疾人。我是比尔，他说。我是贝蒂，她说。

大学老师的身份对我很有帮助。他们是退了休的演艺人员，对自己从未受到过的教育充满敬意。出于对女儿的爱，他们相信了她的判断。对这个男人的年龄是他们女儿的两倍这一事实没有任何非议。他们热情地欢迎我，所以我的担心是多余的。茶几上放着酒瓶和冰盒。想喝什么我都有，比尔说。我们喝了酒。布萝妮挨着我坐在一张有靠背的长椅上，不时察言观色地瞟我一眼。不过比尔和贝蒂都是极有品位的人，他们具有长期从事演艺工作的人的交际能力。虽然已经退休，但他们看上去还很年轻。微型人的年龄很难猜。

微型人？

不应该用悲天悯人的态度对待他们。称他们"侏儒"是不能容忍的。这个词是从一种小昆虫转化来的。"小矮人"也好不到哪里。

你是说布萝妮的父母是侏儒？

只在背后才这么说。

我的天啦。"微型人"是他们自己的用语吗？

我的。他们并不描述自己。只要见到他们，你自然会进入一种"政治正确"模式。我不得不表扬一下自己，见到他们时我连眼皮都没有眨一下。这是大脑突触反应速度的一个例证。也许穿过房子的时候我已经察觉到了什么。

布萝妮为什么不事先警告你？

我也不知道。难道是在考验我？通过我的反应了解我的品性？这不可能。布萝妮不会耍这种诡计。她的自我意识太强，不可能无意识地做出这种事情。她又为什么要事先警告我呢？我们俩是认真的，这件事有那么重要吗？他们是她的双亲，从她生下来那天起就一直在她视野里。她爱他们。从他们与那些和他们类似的人的交际活动看，她是在一个正常的环境里长大的，她并不是那种环境里唯一的儿童。你不会因为自己的父母而向全世界道歉吧。

哪怕一个父母身材正常的女孩子也会事先说点什么，缓解一下效果吧？父母通常是让你难堪的人。

但是，这是布萝妮，那个领着我登上山顶的女孩。无论从哪方面讲她都是一个谜。我深陷在她的感情世界里——虽然没被告知，我为什么不能事先知道她父母身材矮小呢？

说什么才能让你满意呢？去加州的路上，她把狗送给了在我们住了一宿的汽车旅馆打工的一个年轻人。当时我并不明白她的用意——感情冲动地带着狗上路，叫它皮特，然后随便把它送给了别人，花一两块钱买上几块狗饼干。她跪下来与狗拥抱，悲伤地看着年轻人牵着它离去。也许这就是你所寻找的答案。当我看见她像抱一个儿童一样抱着她母亲，注意到她怎样跪下来拥抱她父亲，我明白了她为什么对皮特改了主意。这是条大狗，尾巴能扫断你的腓骨的大尾巴。

我刚想起来——布萝妮确实和我说过一件事。她恳求我不要和她父亲讨论政治。这是她最后一刻下的指令。我们眼看就要到她家了,她吻了一下我的脸庞。哦,还有,安德鲁,求你了,不要谈政治,好吗?

这又是为什么?

这里是加利福尼亚州的橙县,一块非爱即恨的土地。

布萝妮怎么知道你的政治倾向?我难以想象一对新恋人谈论政治。

恋人活在对方的大脑里。布萝妮发现了我身上的公民意识,她在与她父亲交谈过程中有类似的感受。只不过我生活在一个不同的年代。

我明白了。

你并不了解我,大夫,你听到的都是我有选择地告诉你的。我总是回应我所处的时代。我总是留意我生活中的来龙去脉。

来龙去脉。

是的,就像一圈套一圈的同心纹波,一直扩散到外星系。比尔是个聪明绝顶的小个子男人,我没有遵守布萝妮的请求,不过我从来没想过在做客时与主人就政治观点争个你死我活。就比尔和我而言,我得说我更加爱国。从大的方面讲,这个国家不会这样持久下去的。特别是当你知道谁在掌管它的时候。

你好像知道？

哦，那当然！就像了解我自己一样。

比尔和贝蒂不是那种身体不成比例、头和身体很大腿却很短的小矮人，他们的身体非常合乎比例，各个部位都很匀称。我觉得他们靠固定收入生活，尽力过着谨慎而有尊严的生活。比尔具有艺人的帅气，布萝妮漂亮的外貌显然来自他精致的五官和淡蓝色的眼睛。他面色红润，一头白发整齐地朝后梳着。贝蒂有一张洋娃娃似的扁脸，这在微型人中很常见。他们的衣着是南加州风格的，浅色、印烫妥帖的便裤，衬衫和宽松短衫，他一双懒人鞋，她一双露趾凉鞋。贝蒂稍显壮实，染成棕色的头发束成一个短发髻，脸上笑容可掬，最常见的表情是一种带同情的理解。他们性格外向，身上透着演艺生涯的痕迹。他们曾加入多个侏儒剧团去各地巡回演出，唱歌跳舞，或者身穿不同国家的民族服装，在万国博览会外国馆的舞台上表演。所有这一切都是他们告诉我的。他们还在拉斯维加斯演出过。比尔书房的一面墙上贴满了照片——一些我从未听说过的演艺家签了名的大头照。他们还拍过一些电视，参加过玲玲马戏团的巡回演出，有些照片中，贝蒂站在一匹慢跑的马背上，比尔身着军乐队指挥制服，引领着小丑组成的军乐队。不过我们从来没在路边表演过，比尔说，从来没到那一步，即使到了那一步我们也不会。

告诉我，大夫，我们为什么会爱慕小型的东西？比如小时候玩的那些金属模型车。我们十分在意模型车与真车的比例是否准确。还有就是猫，我从来不喜欢猫，但是我可以开心地逗一只小猫咪玩，用一根线头来测试它的反应速度。再有就是比尔和贝蒂。玩具一样的人，小猫一样的人，比例准确。他们的观点很有吸引力，与他们在一起的每一分钟都充满新奇。就像你去另一个地方旅行，一个有着异国情调、你可以写信回家讲述的地方，如果你有家人可以写信的话。受到这样的人的欢迎和平等对待，不是想要就可以得到的经历，这件事本身就包含了某种幽默成分。

这么说你的感情具有某种优越感，一个更高大的人类。

不完全是。几天后他们在我眼中变得正常了。我们四人坐在餐桌旁，布萝妮在我的眼中显得巨大无比，她穿着正式的晚餐长裙，往后梳的头发几乎垂到肩膀上。她像梦游仙境的爱丽丝，笨拙可爱。说到我自己，我有一种幻觉，如果突然起身，我的头会碰到天花板。他们的声音（比尔和贝蒂）缺乏音色，像是从加了消音器的小号里发出的，有时很难听清楚，好像他们在远处与你交谈。

一天早晨，布萝妮和她母亲乘计程车去购物中心购物，比尔邀请我在后院的小花园喝咖啡，他跷起小短腿，点着一根雪茄，等着我提问，他好作答。他表现出一种过分的自信，他身上有种向任何与他在一起的体形正常的人证明什么的内在需要。他是那种突袭式的健谈家。当我提到我和布萝妮曾经大声朗读马克·吐温的作品时，他摇了摇头说：教授，你觉得《哈克·贝利历险记》的结尾如何？那是个彻底的失败，难道不是吗？把整个故事都毁了。当汤姆后来出现在小说中时，吐温是在认输投降，他本可以把哈克和吉姆沿着大河的漫游写成一个宏大的事件，他却一挥魔术棍，草草收场了。我还是知道一点生活的残酷的，这么对你说吧，这是一个无比遗憾的结尾，吐温就这么匆匆忙忙地把故事结束掉了，放弃了让这本书成为不朽之作的机会。

比尔，你知道吗，他在写出这个结尾之前曾停笔七年？

我当然知道，这正是我要说的。写不出来了，只好说：见鬼去吧，我得把它结束掉。再来点咖啡？

实际上，安德鲁，我倒是很赞同那篇书评。

我问到了《绿野仙踪》①这部更早的电影，他没有机会参与那部电影的拍摄，但有没有参加过舞台剧版本的演出呢？他猛吸了一口雪茄，然后把雪茄烟放在烟灰缸上。教授，先别管电影，你得读这本书。你没读过吧？对不对？

被你说中了，比尔。

有人认为整个故事是在讲述共产主义。

什么？

《绿野仙踪》。你看，这本书的寓意是：不要依靠我，不要相信我，我的统治是个骗局，你们完全可以自己干。你和你的同志们。只要鼓足勇气你们就可以取而代之，开动脑筋，所有人都是平等的，当然最上面的一些人除外，世界是属于你们的。根据某些人的观点，这是个共产主义的寓言。

不一定吧，比尔。作为寓言，里面所有的东西都得象征

---

① 《绿野仙踪》是米高梅公司出品的一部童话故事片，讲述了美国堪萨斯州小姑娘多萝西被龙卷风带入魔幻世界，在"奥兹国"经历了一系列冒险后最终安然回家的故事。

点什么吧？那样的话那些小矮人是谁？为什么邪恶女巫来自西部？黄砖路又代表什么？除了自身以外，它们总得象征一点什么吧。

黄砖路，嗯，那是通向黄金的道路。至于邪恶女巫，她代表西方，你知道吗，是指我们，那些会飞的猴子是她的军队，如果不采取什么措施，她会比那个假巫师还要坏。我知道那些小矮人代表什么。相信我，这方面我是权威。

我给你讲讲我们离开前一晚他们为我们举办的派对吧。

派对？

比尔和贝蒂宣布我俩订婚的派对。客人大多数是微型人。你知道纽约周围的希腊区、意大利区和拉丁区是怎样形成的吗？韩国人怎样开便利店？为什么穆斯林总是开计程车吗？这个镇子的情形也差不多，住着数量可观的以演艺为生的小矮人。一位受人尊重的老者坐在一张椅子上——他在那部电影里演过"小矮人"，也许是唯一还活着的"小矮人"。大家开怀畅饮，到处欢声笑语。地毯被卷了起来，比尔和贝蒂来了一段他们例行的歌舞表演，老式的"软鞋舞"，曲子是乔治·科汉的一首歌,"……因为是玛丽,玛丽,一个普通得不能再普通的名字……"他们一边笑一边优雅轻松地完成着这样那样的动作,其间比尔还尝试了快步舞,贝蒂则仰望着天空。他们的一个朋友坐到钢琴凳上,开始为他们伴奏,并用沙哑的男高音演唱歌词,真是太好了。我和布萝妮是他们仅有的观众。布萝妮跪坐在地板上,就在我身边,她的脸因快乐焕发着光芒。"但是为了得体,上流社会要说'玛莉'……"其他人也站出来表演自己拿手的节目,模仿他人演讲,充满激情的诗歌朗诵,都很滑稽好笑,我记得当地教堂的微型人牧师曾在自助餐台旁问我:面对当今世界上如此可怕的动荡,假如你是国家总统,你会怎么做。我说我会通过战争来解决,这显然与他的看法相左,但他只是一笑置之。

看来你玩得很开心。

嗯,我看出来布萝妮有多么喜欢她父母的表演,为一个她肯定看过上百遍的节目鼓掌欢笑。通过观看她,我到达了与她相同的幸福状态。好像这种幸福是通过电弧在大脑之间传递的。这是一种纯粹、不假思索、自然的情感,太出乎我的意料了,我幸福得都有点难以承受了——我感觉我内心想要表达的东西马上就要从眼睛里流露出来。"软鞋舞"结束后,就在大家鼓掌、开怀大笑的时候,我觉得自己可能流下了喜悦的泪水。在那一刻我有种无所畏惧的感觉,不再焦虑。我一点也不担心会被绊倒,摔倒在谁的身上,把他压成肉饼。

那个清冷、没有情感的寂静池塘又怎么——

我从它的底部升上来了,去生存去呼吸,大口大口地呼吸生命。在这个姑娘的关爱下寻找拯救。

我们提前告退了,她领我来到门前那条路的尽头。我们翻过护墙,一条穿过植物地被的小路一直通向海滩。海滩上只有我们俩,没有月光,也看不见月亮,但是我们能看见北面城市模糊暗淡的灯光,洛杉矶的灯光污染已沿着海面扩散过来。我曾拒绝在白天下海游泳,不想展露我凹陷的胸脯和两条细胳膊。布萝妮当然见过我赤身裸体,但那是在夜深人静的卧室里,当主要的光亮是人的智慧时的人体构造,这与瘦骨嶙峋,肚子微微凸起,肤色苍白的认知学教授在公共海滩上展现给世人的虚弱不是一回事。不过现在什么也拦不住我,我们蹬掉鞋子,把衣服丢在沙滩上,冲进温暖、轻拍海岸的海浪里。我们在太平洋的海水里畅泳,亲吻是不用说的，我触摸着她光滑的身体，在发咸的海水里绷紧的乳头，手在她两腿之间摩挲，我拦腰抱住她，我们相拥在一起，在浪花里翻滚，其间我不停地亲吻着她。

上岸后我用衬衫擦干她的身体，穿好衣服后我们坐在我用沙子堆起的小宝座上。我选择了这个静思默想的时刻来满足我的好奇心。我曾在比尔的书房里看见两张镶嵌在镜框里的移民证书。比尔和贝蒂不是在这里出生的。

爸爸出生在捷克斯洛伐克，布萝妮说。就是现在的捷克共和国。妈妈是爱尔兰人，出生在利默里克。

哦，他们是怎么认识的？

哈哈，她大笑起来，看来你从来没听说过利奥·辛格啰！

说完这些布萝妮跳了起来，把我也拉了起来。她拉着我的手，倒退着往前走。她告诉我这个人如何走遍欧洲，寻找像她爸爸妈妈这样的人，雇用并训练他们，让他们在他名叫"利奥·辛格的小人国"的巡回演出里表演。

布萝妮转身向前跑去，按捺不住做了个侧手翻。在她两脚落地之后我问道：什么样的演出？

嗯，妈妈说主题每季都在变，服装也不一样，不过基本上属于歌舞杂技类的，就像今晚你看到的那些歌曲、小品。还有杂耍、走钢丝一类的杂技表演，在身背后拉小提琴，只要你想得出来。反正吸引人的地方是他们的身材以及能干那么多的事情，大家会来观赏赞叹。

讲述家史的时候她显得无比生动——简直就像身临其境，不时用倒立、侧手翻、后空翻和跳远给她的讲述加注重点。就在那天晚上的海滩上，伴随着海浪有节奏的拍打声。

他带着他们在欧洲各大城市巡回演出，妈妈爸爸就是那样认识的。他们是"利奥·辛格的小人国"的演员。

那么，医生，你听说过辛格这个人吗？

没有。

我也一样。原来米高梅电影公司拍片需要侏儒时总是找他。他是个侏儒国际经销商。

我听出了你声音里的鄙视。

明显是个把这些人幼儿化的操纵者，在把他们打造成奇观的同时大赚一笔。

你不是说人们都偏好微型化的东西吗？现在他们住在加州，她父母，在自己家里过着舒适的退休生活，有一个温暖的家。

我知道，我知道。如果这个家伙不把他们带离他们的村庄，等待他们的又会是什么呢？他们的父母肯定有如释重负的感觉。我怀疑这里面有金钱交易。比尔和贝蒂那时肯定都还小，十几二十岁。他给了他们一份职业，一种获得自尊的途径，要是留在老家他们永远会格格不入，忍受别人的取笑，或者接受侮辱性的同情。但是这些都是欧洲特有的玩意儿，你知道吗？这种敏感性。电影里的"小矮人"至少有一个虚构的身份，他们并不是由真正的侏儒扮演的，他们看上去不像他们自己，是幻想出来的人物。不像比尔贝蒂以及其他小人国的侏儒。你不觉得这是典型的欧洲做派吗？

我不知道你是什么意思？

我是说农奴制、契约压迫，还有他们该死的军装、君主国之间的战争、殖民化和信仰审判①。纵犬逗熊②，这就是我想说的，欧洲的逗熊游戏。畸形的嘲弄方式。残杀犹太人。这就是我想说的。

---

① 是一种使人公开忏悔的仪式，主要发生在中世纪西班牙宗教裁判所或葡萄牙宗教裁判所决定对异教徒和异端者实施刑罚后。实际上忏悔之后犯人多被世俗当局处决，最严厉的刑罚当属火刑。
② 始于十六世纪的纵狗逗熊是英国人的一种常见娱乐方式，用狗去激怒和攻击被锁链捆绑的黑熊，直到十九世纪才被废除。

［思考］她那么开心。所以我什么都没说。我有没有告诉过你去西部之前我给她买了订婚戒指？

没有。

我买了。我做着各种各样"非安德鲁"的事情。在公开场合牵手，由衷地高兴。现在，在沙滩上，我像个小丑一样尝试侧手翻和倒立，摔倒后满脸沙子地爬起来。她笑得多么开心。就像所有热恋中的人，我们一点就着。随便什么都能点燃我们的激情和欢笑。闭上眼睛，她说，我感觉到她在掸去我脸上的沙子。她突然把我仰面推倒在沙滩上，趴在我身上，嘴对着嘴，猛地扯掉我的裤子。她是什么时候撩起自己的长衬裙的？然后是三个字：放进来，她说。放进来！

你不用说得那么详细，安德鲁。

开始的时候也许很投入，我是说做爱，但是脑子里一下暗下来了，就像城市里突然停了电，某个远古的、未经大脑思考的东西启动了，它唯一知道的是移动屁股。这显然是某种源自古代的内部指令，或许是所有擂鼓的根源。

擂鼓？

我想说的是在这个时刻不是你的观察力最敏锐的时刻。好像你剩余的人类心智，任何模糊的意识，都跑到你的睾丸里面去了。这就是我为什么没有听见引擎声，没有立刻意识到为什么身边的沙滩刮起沙尘暴的原因。然后我看见了她的眼睛：它们因为恐惧而一片空白——是惧怕我，还是我们头顶上方极不自然的耀眼光亮？从那时起我就一直在琢磨这个问题——探照灯光和直升机螺旋桨划开空气的轰鸣确实很恐怖。但是根据后来发生的事情，我一直没能说服自己那不是因为惧怕我，惧怕躺在她身边的乔装过的老古董。不管怎样，我立刻明白了眼前不妙的处境。我用手盖住她的脸，不让他们看见她，让她继续藏在我身下，同时用另一只手拉起我的裤子。也许你熟悉他们怎样在夜间巡查南加州海滩。

好像听说过。

正是这样的。透过螺旋桨的轰鸣声传来了高音喇叭的声音（你难以想象他们飞得有多低，就在我们上方一点点），操作这个黑虫子一样的怪兽的家伙用扬起的沙子来惩罚我们，在我们拔脚逃窜的过程中一直在我们头顶上盘旋，我用衬衫遮住她的头，他们用灯光追逐我们，谴责我们虽不犯法但却荒谬的不良行为，亵渎文明生活，污染无辜儿童和排球爱好者的圣地。

随后灯光熄灭了，这个该死的鬼东西突然升高飞走了，把沙子溅了我们一脸，我们站在那里，用胳膊遮住眼睛。只一会儿的功夫，夜晚又恢复了宁静，好像什么都没有发生过一样，布萝妮大笑起来，她看了看我，又大笑了几声，晃掉头发里的沙子，仰起头，以女人特有的对待羞辱的方式，听天由命地大笑几声，戏剧性地摊开双手，耸耸肩。

我们一直跑到沙滩的尽头，那里有一个石头堆砌起来的码头，码头靠近陆地的一个洞口里面，排成数列没有身体的眼睛在黑暗中发光。布萝妮说那是一群从她记事起就住在那里的野猫。野猫一边躲藏一边发出嘶嘶声。我们离它们太近了，嘶嘶声像蛛网一样包围着我们。也许是在那一刻我开始再次思考自己以外的一些事情。

比如说？

比如这个阳光永远普照的国家，侏儒的人口数，以及空中警察等等。

第二天早晨，我们即将踏上归程，我站在车子边上与他们道别，布萝妮拉着我的手，把它们轻轻地举起放下，表露着她的爱意。真高兴她找到了你，安德鲁。我们想让女儿得到一切。我们对她的爱很难用语言来表达。她是我们一生中最大的成就。

我承认我暗自希望他们只是布萝妮的养父养母。你干吗那样看着我？我还没从昨晚海滩上的事件中完全恢复过来，站在难以忍受的烈日下，试图接受我的真爱的生活中种种怪异的事实，竟让我头晕想吐。这些就是她成长的环境，他们在她身上留下了烙印，他们是她的一部分，她是他们造出来的，此前我对她的了解——我的穿着鲜亮长裙和运动鞋，表情灿烂的学生——如果不是错觉，至少也是不全面的。她与传统的美国人一样，凭借自己的努力念完大学——一部分助学金，加上银行贷款——这没错。很显然，比尔和贝蒂帮不上她什么，所以说布萝妮是真正意义上的离巢鸟，自力更生。但是我不愿意她是在这样的家庭和这样的小镇长大的，生活在这些人中间，童年的她每天走出家门，看着一成不变的街道和灰泥墙房屋，前院里贝壳做成的小花盆，以及没有树荫的柏油路。很显然，这样的生活会把一个正常工作的大脑烤焦。我想象童年的她下到那片海滩玩沙子，在水边捡贝壳，日复一日，年复一年。我脑子里钻进一个可耻的念头，尽管我很快就把它从脑子里驱赶出去了——这趟加州之行是一个阴谋诡计。布萝妮背着双肩包，灿烂依旧，笑容满面地从大门里走出来，我莫名其妙地有种被欺骗的感觉。

嗯，这下我放心了。有那么一阵，爱情让你变得迟钝了。

试着理解我。我知道对你来说很困难，不过你假装是我试试看。整个事件对我来说是个极大的震撼，你不觉得自己在某种程度上被否定了吗？她爱的是我这个人，还是我身上某种她非常熟悉的东西？难道在第一堂课上，当我往黑板上写名字，手中的粉笔断成两截，身体把讲台上的书本碰到地上的那一刻，她已经凭直觉知道了这一点？她曾带着理解的微笑，捡起所有的东西。生长在没完没了的阳光下，生活在丑陋的花草中，她的父母，说实话，是一对畸形人，她是在一个怪异、不自然的环境里成长起来的。这一切都是她所熟悉、对她来说正常的社会现实。所以说她会为自己找一个什么样的人呢？谁又能让她近乎病态地着迷呢？除了那个忧郁反常到可爱的认知学家，那个在他的讲课中流露出虚无主义的绝望，让她立刻想去安慰他的人之外，还能是谁呢？

我听出一种自我厌恶。

是吗？

这是你不配做这个女孩的恋人的另一个版本。先是大学橄榄球场边与时代脱节的安德鲁，现在呢正相反，一个合适得不能再合适的怪物。

我说了这只是一时的感觉。我们都有并没有转化成行动的瞬间情绪，不是吗？

是的。

你以为我会愚蠢到为了某种瞬间的怀疑而放弃我的挚爱？那实际上只不过是一种仪式性的自我贬低罢了。

估计你不会。

她算是躲过了一劫，难道不是吗，现在我们驱车离开，她父母在门口挥手，她在哭，就像在向他们做最后的告别。我猜责任在我身上。

为什么？

由于我的存在她再也不能假装自己还没有长大。她会爱他们，对他们心存感激，但是无法否认她与他们已经不属于同一个世界了。

你都干了些什么？

我和他们见面了。

布萝妮是名优秀运动员，不过她的肌肉并不发达。她四肢结实，有线条，但没有疙疙瘩瘩的肌肉，甚至都不如舞蹈家的四肢发达。所以在我看来，从体形上讲，从事激烈运动对她来说并不是一种自然的选择，而是一种决心，一种自我戒律。那么这一切又源自何处，她为什么觉得有必要这么做，比如登上拉拉队的金字塔顶，在高低杠上翻转、奔跑、跳跃，不是为了强烈的身体愉悦，而是出于某种目的，我怀疑她意识到这个。生完孩子后，她曾推着童车跑步。[思考]

还有呢？

只有一次，她坚忍不拔的运动热情背叛了她。我们重新回到群山笼罩的生活中后。为了向她显示我对体育并非一窍不通，我买了两副网球拍，然后去学校的球场随便玩玩。我在耶鲁打过一阵网球，不是**代表**耶鲁，是**在**耶鲁。我从来没有正式学过，但是我对网球略知一二，尽管脚步松松垮垮，但总能追上来球。我的正手还不错，反手要差一点。我能打出带正旋的高球，如果有必要也可以放出质量很高的网前小球。布萝妮从来没有打过网球，但是当我教她怎样握拍，怎样调整身体的位置接正手球和反手球的时候，她一点也不感兴趣。她觉得自己可以掌握这些。当她做不到的时候——不是用力过猛把球打出围栏，就是下网，要不就是发疯似的跑东跑西，根本就碰不着球，尽管我总是把球打到她能接到的地方——她终于发火了，把拍子摔到地上，怒气冲冲地走出球场。这是我们生活在一起后我第一次见到她失态。

后来还有过？

当时她正怀着孩子。我忘记几个月了。她见红了，这把她给吓坏了。在我给医生打电话的时候她一直在咬自己的指关节。结果没什么事情。但是从此以后我一直在想，那次在球场上，我有没有为了炫耀而打出几个明知她接不到的球。

［思考］

我从来没有和你说过我在军队里的经历。当兵的时候，基本训练结束前有一次夜间演习。我本该守卫我负责的地带，却在猫耳洞里睡着了。一名军官叫醒了我，我被罚背着M1步枪做了一百个俯卧撑，但是管我的排长属于正规军，他因此失去了军衔。他离退役只差两个月了。［思考］在一个学术鸡尾酒会上，我当着一屋子的人挥舞手臂，激动地表达我的观点。我的手背甩到了站在我右边的一位女教授的下巴上。她大叫一声摔倒在地。所有的交谈都停止了。我跑到主人的厨房,在冰箱的冰柜里四处找冰块,挪开一大瓶伏特加,用手拎着酒瓶。女教授的丈夫跟在我身后大喊大叫,我转过身来的时候吓了一跳,酒瓶从我手里滑落,砸断了他脚上的骨头。不到一分钟,我干掉了他们一家。[思考]我在耶鲁上的本科,专业是生物。有一天,我们正在实验室从事海葵实验——

安德鲁,别说了。

什么?别说什么?

III

我可以告诉你：上个周末安德鲁决定去看望他的孩子。

真的呀！

你知道我一直都在克制，克制自己，你从来不提这件事，从来没有劝我去看看她，哪怕不经意地问一声我有没有想到要去——

这必须发自你的内心，你自己的想法，你自己的感觉。

好吧。

毕竟，你连她叫什么都没有告诉过我。

薇拉。她叫薇拉。我把她的出生证明留给了玛莎，这样就不会出什么差错。布萝妮选了这个名字来纪念她父亲。很可爱的名字，是不是？薇拉。

非常可爱。

不过考虑一下我面临的困境吧。我该说些什么呢？我为什么要来看她，目的又是什么？我不知道。我想带她走吗？我这样做是为她好吗？如果她和我住在一起，"伪君子安德鲁"会不会搅和进来对她造成伤害？他的孩子？如果他只是去看看她，她又会怎么想，她能把他与自己联系起来吗？一个自打她坐在婴儿椅里就没再见过的父亲？一个跑来打个招呼，然后再次离开的男人？更别说玛莎了，她很可能会当着我的面摔上大门。

我觉得某些法律条文会对你有帮助。我不是律师，但是血缘关系永远排在首位。亲子关系决定一切，除非能证明你不胜任。酒鬼、流浪汉或罪犯这一类的东西。

这一类的东西？

在这个国家不再有人会像中世纪那样遗弃儿童。你留下薇拉的时候，有没有写张字据？你咨询过律师吗？有没有签字，你和玛莎？

我处在绝望之中。我需要帮助。我曾考虑过自杀。

哦？这倒是个新闻。

我已经到了与布萝妮说话，就像她还活着一样的地步。按照她的指示去热奶，我会读说明书但会问她我的理解是否正确。她会告诉我。喂完小家伙后要把她放在肩膀上，让她打几个嗝。冬天要来了，给她添置一些暖和的衣服。到了该给她打预防针的时候，就送她去儿科医生那里。见我忙于家务，我的布萝妮会开心地大笑，我会出现幻觉，觉得她就在我身旁，活生生的，过了一会儿又变成在厨房餐桌上做侧手翻，倒立和翻筋斗的小小的人。哦，天啊。你要我去咨询律师？

你没有请个人帮帮你？

没人帮我。我不可能考虑去雇人，我有布萝妮。我请了不拿工资的陪产假。那阵疯狂过去后，我确实开始寻找帮助。急于得到帮助，我去了玛莎那里。

实际上，决定去看孩子是安德鲁的一时冲动，这个决定就像一根熔断的保险丝，把是否该去看望孩子这个没完没了的思考断开了。当时他正在书房里读一篇人脑如何具备心智的论文。文章的主题是将来能够生产人造仿真大脑，它的神经活动或许能够产生知觉。这个断言并非来自他儿时读过的科幻小说，而是专业杂志上一位受人尊敬的神经学家的文章，安德鲁震惊得像遭了电击一样猛地靠在椅背上，同时他意识到收音机调在了星期六下午大都会歌剧院的频道上。现现在他听明白了,《鲍里斯·戈都诺夫》①里的鲍里斯快要断气了。沙皇在大声呼喊,咏叹着他的悔恨、祈求,最终用俄语轻声叨念着 rascheechev,ras- chee- chev,死去,一声重击声表示他摔倒在大都会歌剧院的舞台上。随后的那首悲哀的主乐调表明:沙皇鲍里斯完蛋了。

安德鲁不记得他后来是否听到了莫斯科响起的欢庆暴君死亡的钟声,因为他离开了家,边穿外套边跑着拦下一辆计程车,去联合车站搭乘地铁。

到纽约后,他穿过城区来到中央车站,在一家商店里给薇拉买了一个玩具动物,一个会翻眼睛、看上去很滑稽的机械小狗,上好发条后,它可以迈着小腿摇摇摆摆地往前走。他觉得给已经三岁的女儿买个玩具动物是最安全的。一到十岁的孩子都会喜欢。

你看,大夫,所有这些同时涌进了我的脑海里——玛莎

---

① 《鲍里斯·戈都诺夫》是俄国作曲家 M.P. 穆索尔斯基创作的四幕歌剧。故事发生在大约一六〇〇年,俄国沙皇鲍里斯谋杀了应该继承王位的伊凡雷帝的儿子季米特里,强迫人民拥戴自己当皇帝。年轻的修道士、政治冒险家格里高利假冒季米特里的名字,逃到立陶宛,利用人民对鲍里斯的不满,向他兴兵讨伐。鲍里斯仓促把继承权交给了他儿子费奥多尔,自己在精神错乱中死去。

的房子，玛莎的大块头丈夫。我并没有去想他就是那天下午死去的鲍里斯，在我的印象中他已不再是歌剧院的头牌演员了。但是那栋房子，还有当时的情景，玛莎正抱着我的孩子上楼。就好像时间凝固了，我还站在他们家门口，擦掉眼镜片上的雪花。在隆隆驶向新罗谢尔的通勤列车上，我不再担心这次拜访的结果，不再犹豫不决，在脑子里编造各种不祥的场景。我就要见到女儿了！我感到了自己对玛莎和她丈夫的爱。我对保护我和布萝妮的孩子的人充满了感激之情，就连摇摇晃晃的火车上也没有影响到我愉快的心情。

你将要告诉我这次拜访结果并不妙。

那还用说吗。

赶到玛莎家时，安德鲁立刻知道出事了。邻居家的车道以及街上的积雪已被清扫干净，但玛莎家周围的积雪却原封不动。安德鲁付了计程车费，伫立在六英寸深的积雪里。玛莎有一个与众不同的特质，表现在她料理家务时的无懈可击。如果一样东西坏掉了，不管重要不重要，她一定要立刻把它修理好。她会叫来花匠、水管工、电工、木匠、油漆工、修房顶的、砖瓦工、清洁工、装玻璃的工人和具有稀有技能的修理工。她对每项工作都严格把关，甚至连门锁盖这样的小东西都不放过。现在是十一月阴冷的一天的晚上八点。邻居家的灯都亮了，但是他面前这栋房子里的灯光却很暗淡，好像屋里正在举行降神会。我不知道安德鲁为什么要那么想。他步履艰难地来到大门口，发现门开着一条缝。[思考]

继续。

他叫我伪君子。

谁？

玛莎的大块头丈夫。他就是这么和我打招呼的。嗨，他说，伪君子，你来了。这是上次我带孩子来他家，我们一起喝酒时他给我起的名字。说我在我的同胞面前装好人，其实是个危险的假冒货，天生虚伪，是个杀人犯——他就是这样描述我的。伪君子安德鲁。而且，就像我告诉你的，他的话基本上是正确的。不过在他用伪君子称呼我的时候，我意识到客厅壁炉上方的那幅画像画的是谁了。那是玛莎的丈夫还在演歌剧时扮演过的最重要的角色——鲍里斯·戈都诺夫。你现在应该知道鲍里斯·戈都诺夫的故事了。

不好意思——

从某种程度上说鲍里斯就是俄国的查理三世。他杀死了合法的王位继承人，沙皇的长子季米特里。用刀抹了这个孩子的脖子，然后宣布自己是沙皇。从那以后，他被自己的行为折磨。创伤后的精神失常。

嗯。

许多年后，善于投机的修道士格里高利意识到，如果沙皇长子还活着，应该和他差不多大，于是陈兵波兰与立陶宛的边界。他向莫斯科进发，宣称自己是沙皇的长子季米特里，合法的王位继承人。鲍里斯·戈都诺夫确信此人是个冒牌货——因为真正的沙皇长子并没有复活。但是饱受罪恶感的折磨，加上宗教迷信导致的困惑，鲍里斯说服不了自己，最终死掉了。故事就是这样的。

很有意思，但是为什么——

还有几个当帷幕落下时在皇宫里悲叹俄罗斯命运的圣愚①。那年头俄国到处都是圣愚。莎士比亚的戏剧里也有愚

---

① 圣愚又称颠僧、佯狂者，是俄罗斯东正教的特有人物，他们通常是浑身污垢、半疯、半裸体的游民传教士，脚上甚至套上脚镣，他们有些人几乎不能言语，他们的声音却被解释成神谕。

人,但是他们并不神圣。在俄国愚人自动成为圣人。当然啰,他酒醉如泥。

圣愚?

玛莎的大块头丈夫。身着全套的沙皇行头瘫坐在一张扶手椅里,作为鲍里斯·戈都诺夫,他被废黜了,作为玛莎的丈夫,他也被废黜了,因为我知道玛莎不在这里,不然这个家不会像这样。他也不会像现在这个样子。我不知道歌剧演员的演出服归他们自己,是这样的吗?不过此刻他正穿着那件图案复杂、沉甸甸的长袍,还有那顶珠宝镶边,顶上有一个小十字架的编织皇冠。他举起酒杯:为伪君子,干杯,他看着我说道。随后他打了个嗝,手臂控制不住往后一扬,杯中之物在空中划出一条优美的弧线,击中了他身后墙上挂着的画像,酒泼在了他装扮的鲍里斯·戈都诺夫的脸上,让人觉得画中人也在垂泪。

这些都是真的吗?

什么?

就因为在收音机里听到歌剧《鲍里斯·戈都诺夫》,你头脑一热去了新罗谢尔,然后发现了烂醉如泥的沙皇幻影?

我不会因你问这个问题而发火,站在那个幽暗的客厅里，我自己也难以置信，客厅里没有暖气，这也许是玛莎的大块头丈夫穿着厚重的礼服，戴着那顶皇冠的原因。而且，别忘了，难道他就不可能痛苦地听着周六下午的广播节目？我站在那里俯视着他，他则用模糊涣散的眼神看着我。他瘦了许多，不再拥有令人恐惧的体形。他曾经壮得像头海牛，庞大，圆滚滚的。这一切都不复存在了。双下巴、阔脸、大脑袋，全都瘦下来了，再看看他的面容，下巴尖凸，脸颊凹陷，一双病入膏肓者的眼睛紧盯着我。我发现自己怒不可遏，没有一丝同情，用对待一个醉鬼的口气和他说话。

她在哪里？玛莎在哪里？该死的东西，我的孩子在哪里？

他摇摇晃晃地站起来，向我伸出双臂，用刺耳的低音唱起了那个死亡场景。

我跑上楼，查看了所有的房间。一张空着的儿童床，打开的空抽屉，空的壁橱。主卧室里凌乱的大床，一间壁橱里只剩下挂着的衣架。地上到处是碎纸片。一张折叠起来的汽车时刻表。Ras- chee- chev.Ras- chee- chev.

［思考］听好了，我必须更正一下就我对布萝妮的感情给你留下的错误印象。

等一下——你后来干吗了？

什么？

在你发现玛莎离开后。

我搭乘末班火车回到华盛顿。玛莎到底在哪里，这个可怜的醉鬼不比我知道得更多。他甚至无法告诉我她走了有多久。根据我的观察，我觉得已经有一段时间了。当然，孩子和她在一起会很安全。她留下了自己的钢琴，仍然摆放在书房里。对我来说，这意味着现在薇拉是她全部的生命。不过现在无需急着去做什么，这不是什么紧急状况。要不是一时冲动走了这么一趟，我还蒙在鼓里呢。相对来说，一切都在我的掌控之中。

有一点轻松的感觉，你说呢？

嗯。干吗不呢？我并不耻于承认这点。有什么比孩子眼中的评判更让人恐惧的呢？它最终总会降临，不可避免。只是不在现在。不过我想告诉你另外一件事情。

什么？

你想象一下，门打开后，我出现在大门口。对一个身穿鲍里斯剧服，喝得酩酊大醉，正在自家客厅里演唱他扮演的角色的歌剧演员来说，门前站着的家伙不正是率领波兰立陶宛联军前来夺取他皇冠的冒牌货格里高利吗？还有比这更合理的假设吗？我原以为他在和我说话，开始也许是吧，但是现在他把我放进了歌剧里。我成了那个索取沙皇宝座的冒牌货。你明白了吗？

他醉得有那么厉害？

不管醉了没有，他彻底进入了角色，把我当成了他的敌人。这里面有我是玛莎前夫导致的偏见。也许借助一种更深层次的识别，他发现了我与歌剧中俄国历史事件之间的关系。从根本上说，安德鲁就是一个冒牌货，好了吧？这就是你想听到的？你打断了我的思路。你们不该这么做事情的。

但是这很重要，你不觉得吗？他这么做让你很生气？

听着，他知道我是从事认知科学研究的。他不是个傻瓜。我离开的时候他正用歌声向我倾诉衷肠，跟随我来到大门口。所以别这么快下结论。和你说句实话，我替他难过。他吻了我的额头，然后跪下来乞求我的祝福。歌剧里的鲍里斯也是这么做的，他乞求在他心目中代表俄罗斯的圣愚的祝福。所以我不再是那个窥探沙皇宝座的冒牌货。我的角色被置换了，成了圣愚。或许他在以冒牌货的身份向另一个冒牌货致意。不管怎么说，他无法摆脱自己假冒合法沙皇的事实。你当时不在场。从内心深处说我们是一丘之貉。

这么说对你来说这是一种解脱喽,是这个意思吗?伪君子安德鲁的头衔被赦免了。

我们都是伪君子,大夫,甚至包括你。特别是你。你笑什么?伪装是大脑的工作之一,是它的一项功能。大脑甚至可以伪装它不是大脑。

哦?那它会伪装成什么呢?举个例子?

那就举一个吧,从古至今,它一直都在伪装成灵魂。

关于我对布萝妮的感情,我可能给了你一个错误的印象。除了我们离开加州她父母家的那一刻,以及其他少数几个场合外,我的爱人单纯简单,那些曾与我有染的女人简直无法和她相比。我没有和你说过我的一些两性关系,有的似乎还很牢固。但从来没有简单过。

在你和玛莎结婚之前?

婚后也有过。所有关系最后出问题都因为我,我总是沉浸在自己的世界里。和布萝妮待在一起时,我才是自己一直梦想成为的人。对一个天生不快乐的人,自从有了布萝妮,我快乐了。快乐是由琐碎的生活以及不知道自己有多快乐构成的。真正的快乐源自不知道自己是快乐的，一种动物的安详，介于满足和快乐之间，一种意识到自己属于这个世界后获得的安宁。当然，我指的是西方发达国家的生活。日常生活中适度的繁忙、自足、美食、愉悦的性生活和良好的天气让你心旷神怡。你不仅爱你所爱的人，还热爱你身边的世界。一种可能由内吗啡太诱发的感觉，大脑的鸦片制剂。我知道，还是它，来自头部的指令。不过那又怎样！横穿美国时，我们路过供滑雪者滑雪的雪山，供漂流者漂流的激流，放眼望去，到处都是免费的搭乘。有一天，我们开车经过一片聚集着热气球爱好者的空地，停车观望一小队五颜六色软塌塌的飞船把自己升入自己无忧无虑的时空。我们就美国人是否比其他国家的人更懂得享受天空大地讨论了一番。在这一刻生活就是生活，没有别的。它就是你所见到的，后面不藏有其他的东西。对未来充满信心，就像是在谱写一首抽象的乐曲，所有的神经元的突触都在燃烧，你作为唯一的真实喜悦地存在于对平常世界的感受之中。不再有犯罪感。害怕自己还是过去的自己。我说的这一切，都是在强调布萝妮对我的影响。我从那趟旅行中获得的所有愉快，去任何一个地方，做任何一件事情，都是因为与她在一起——她的一言一行——体贴关心、用眼神与你交流、笑声和简朴的自我关注——她不注重化妆，从来不精心打扮，梳理过的头发有时在脖子后面扎起来，有时散开。从处理头发这件事上就可以看出她与众不同的品质。在一条几英里长的笔直公路上，我俩都沉默不语，她要么抱着胳膊坐着，要么在收音机里找歌。她负责音乐，认定我要补的课太多，这是真的，我在音乐方面的涉猎从来没有超出过"甲壳虫"和"感恩而死"乐队（哦，她说，你是说"死亡"乐队吧。）我不用替她担心，她不会成为伪君子的牺牲品。我和"他"没有关系了。我已经脱胎换骨。我行走在进入圣愚殿堂的康庄大道上。

像我刚才所说的，当时我们正开车横穿美国，我是焕然一新的安德鲁，不再焦虑，不再替她担惊受怕。一切都那么美妙。红岩石的峭壁，一望无际的麦田，只有一条灰扑扑街道的小镇，路边的一个小餐馆里，你从一字排开的桌子上取你想要的食物，然后去收银员那里结账，墙上的一块告示牌上写着："诚实周到的自助餐"。沙尘暴中的活动住房停放场，狂风肆虐着晾衣绳，房顶上安放着一头紫色恐龙的汽车旅馆，没完没了、呆板、只有一间房子的浸信会教堂，当天的圣经章节和诗篇就张贴在门前的告示牌上，内战前就有的小镇上隐在橡树荫里带柱子的豪宅。经过亚特兰大时我们去了一家书店，买了一批马克·吐温的书，上了高速公路后，不开车的人就大声地朗读他的书（我俩轮流开车）。布萝妮车开得很好，不急躁，但也不磨蹭。从高速公路上一盏盏琥珀色的路灯下开过时，我从她的眼睛里看到了马克·吐温，看见他在她的想象中闪烁——

那么，这就是你心目中的MT了。我猜是《哈克贝利·费恩历险记》?

《王子与贫儿》。两个男孩互换了身份，王子成了贫儿，贫儿成了王子。布萝妮喜欢其中浪漫的成分，克莱门①说王位只是一种假设。不过这本书不只是一篇民主寓言，它还是写给大脑科学家看的故事。只要有灵感，谁都可以进入到某个角色里，因为人的大脑足够灵巧，它能够立刻将其存档归案。也许会留下一些个人的痕迹，但是让神经细胞活动起来

---

① 马克·吐温的原名是萨缪尔·兰亨·克莱门。

吧，一切都将水到渠成。

我不太确定你们那趟旅行的具体时间。布萝妮毕业了吗？我觉得你说过你们认识的时候她上大三。你的合同延长了一年？

我记得我们行驶在"泽西公路"上，经过炼油厂的熔化罐，耳朵里是大卡车的呼啸声，飞机在左边远处纽瓦克机场的跑道上降落，施肥机在给大片枯黄的草地施肥，还有由多根沉重的水泥柱支撑、承载着繁忙车流、看上去像秃鹰一样悬浮在公路上方的大转盘。白色的车灯朝我们扑来，红色的尾灯提示着前方的交通，我瞟了一眼布萝妮，她显然被眼前眼花缭乱的情景惊呆了，正直愣愣地看着前方，她眼中流露的并不是害怕，更像是对意料之外事物的一种童贞反应。在那一刻我却在思考偷运一个年轻女子出境最多能有多少时间。你在问什么？

那是什么时候的事，她退了学和你一起去的吗。

我介入到布萝妮生活中时，她同时上着大三和大四的课，来年一月份她就毕业了，一月份学校不举行毕业典礼。

在我履行我的一年合同期间,她干着各种各样的工作。布萝妮有时会坐在教室的第一排旁听,这让我备受鼓舞,我只给学生讲述好的讯息:神经科学日新月异的发展。我很正面,总在期待那些基本发现有一个明确的前景,这是教室里常见的一种谨慎的乐观,所有的科学课程都在假设,我们终将抵达真理的彼岸。我又回归到惠特曼①,我们比谁都知道自己是谁,知道"带电的肉体"之歌②是什么。当这些孩子们知道身体即大脑,大脑即身体时,他们太开心了。我当然不会告诉他们惠特曼是个诗人,这会扫他们的兴的。

就这样,我把她带离了有序的生活,把她带离高低杠,我们搬到了纽约市。其实她很喜欢这个城市。不久我们就在西村找到了住处。一套由仓库改建的公寓,门口有一个卸货平台,前面的窗户是铁质的,嘎吱作响的电梯,粗糙的旧木地板。三个房间,光线充沛,街上树木很多,街区里有各种

---

① 惠特曼(Walt Whitman,1819—1892),美国著名诗人、人文主义者,他创造了诗歌的自由体(Free Verse),代表作是诗集《草叶集》。
② 惠特曼的一首诗歌的名字叫《我歌唱带电的肉体》。

上好的店铺。没过多久布萝妮就和店主们混熟了，拐角处橱窗里放着新鲜面包的意大利面包房、韩国食品店、咖啡店、报亭。她可爱、外向、欢快、友好和好奇的性格温暖了这些坏脾气的纽约人，他们对她报以善意的回应，连他们自己都到惊讶。安德鲁，她说，这里要什么有什么，根本不需要开车去购物中心，这是什么时候发明的！她想要探索，所以我们去哪儿都步行，我们步行去中国城，步行去我儿时住过的华盛顿广场，她对这个城市了解得相当透彻。

你们靠什么为生？

我和一家教材出版社签了合同，写一本认知学方面的习题书。后来成了这家出版社科学书籍的外包编辑。阅读书籍和提案。布萝妮给人辅导数学。她在网上做了一点广告，一眨眼的功夫客户就多得难以招架（高中生、初中生）。这足以说明美国教育的现状。所以我们过得还行。这是在孩子出生前，你明白这一点。孩子出生时，年长的意大利面包师送来一个蛋糕，韩国人送来了水果花篮，邻里所有的老妇人一直在计算她的预产期，她是众人眼中的年轻待产母亲，春季里的某一天，当布萝妮用背带带着薇拉第一次出门，不知道怎么搞的，人群出现了，好像他们一直在等待这一刻，这简直就像是皇家出行,圣母和圣婴,布萝妮走不了几步,就会遇到某个驻足赞叹的人。

那你呢?

我当然在场了,夹在人群里。我从来没能像布萝妮那样和邻居打成一片。我挂着僵硬的笑容,一声不吭,或多或少被别人忽略了。不过我要告诉你,看着布萝妮照料我们的小女儿真的很开心,她脸上焕发出幸福的红晕,眼睛看着婴孩,然后充满成就感地看着我,像是在清晰地表达那一刻生活中的美妙。所有这一切都是从她眼睛里流露出来的,我亲爱的二十二岁的妻子,她拥有彻底改变我,把我变成一个履行公民职责的正常人的人格。[思考]啊喊,天啦。

纸巾在那边的小桌子上。

现在你知道我为什么会在这里了。

我知道。

人脑的智力像监狱。我们拥有这些神秘的三磅重的大脑,它们囚禁我们。

你就待在这样的监狱里?

我知道这个已有一段时间了。我被单独监禁,每天在院子里花一小时锻炼记忆。你是政府派来的精神病医生吧?

我有专业执照，如果你对此有怀疑的话。

我觉得我俩是旅途中的伴侣。我们俩，在路上行走。但从另一方面讲，我觉得你去过的地方太少。我估计你从来没去过克罗地亚的萨格勒布。

萨格勒布？

我去过那里的一个公园，那里每株小树丛和树枝都被一个带金属支架的卡片标注。你得弯下腰才能读到上面的拉丁文名字。当时我和那个翻空心跟头的女子待在一起。

明白了。

当然啰，她是一个妓女。至于我为什么要对那个皮条客说她的演出太短，无法维持观众一整晚的兴趣，我也不知道。也许我喝醉了，也许只是因为那个跟头看上去是完全腾空的。她说话轻声细语，个头不高，惯于服从。她双眼噙着泪微笑着恳求我带她离开萨格勒布，这件事发生在秋天一个冷飕飕的下午，在每个小树丛都被仔细标注的公园里，好像这里是世界上一个真正的文明之地，从来没有发生过战争，本地人一点也不憎恨塞尔维亚人和波斯尼亚人，二次大战期间他们没有成为纳粹的附属国。在我看来这个安静、精心种植，落叶刮过我们脚下小径的公园，是一种假借文明来抵赖此地残酷历史的做法。

你在那儿干吗？

随便逛逛。我和几个耶鲁学生去欧洲搭便车旅行，但是渐渐地大家都各奔东西了，我自个儿去了萨格勒布。旅馆里，一个身穿燕尾服的老人像演奏流行歌曲一样在钢琴上弹奏多年前的美国老歌。《我的蓝色天堂》、《月亮有多高》、《造梦先生》。僵化、笨拙、不带切分音的弹奏泄露了他顽固的古典音乐训练。就连玛莎心情好的时候也能弹一首流行舞曲。我是那里唯一的美国人，估计他是在为我演奏。一间挂着红色布帘的昏暗小屋里摆满了椅子和留有屁股压痕的长软椅。几位无所事事的顾客碰都不碰面前放着的小酒杯。侍者在角落里打盹。他们似乎在合谋着什么，五大三粗的皮条客、钢琴家和那几位顾客——他们的存在似乎想要证明，这个连当地人都不感兴趣，可悲的不起眼的城市里的三流旅馆是一个值得逗留的地方。她还不是唯一的，那个跟头王……

唯一的什么？

恳求我带她离开的。

那么说这不是一个梦。

在圣彼得堡遇到的一个女子提出过同样的请求。我不记得我是怎么认识她的了。也许是在修道院。她穿着白色的长丝袜，一位天真无邪的姑娘，丝袜绷在她丰满的大腿上。两条裹着丝袜的大腿以军人的精准朝天举着，然后像一把卡钳一样张开。

你为什么要告诉我这些？

因为我正好想到了那件事。因为我不想说发生了什么。很显然那时我去哪儿兜里都没有钱。一个瘦弱、总是很焦虑、背着双肩包旅行的学生，尽管这样，人们为了达到自己的目的，还是会做出这样的事情。拥有一本美国护照的我成了一种值钱的资产。你为什么这样看着我？我想告诉你在和玛莎结婚之前，我有过这样那样的猎艳。

明白了。

在经历了一次婚姻和几场风流韵事之后，我不再存有任何幻想。所以说我没有把这些归咎于布萝妮道德上的无瑕和她天生的美德。那些都在那儿。除了她的体操技能，她身上没有一样东西是被训练出来的。她像某种启示一样来到我面前。这不仅仅因为我和玛莎的小女儿夭折了，而且还由于作为一个年轻学生的我曾经愚蠢自负到对什么都漠不关心，尽管还没有成为一个熟练的意外杀手——冒牌货，但却是一个漫不经心、举止粗鲁的年轻人，就像我大学里的那帮哥儿们。

明白了。

在耶鲁时我有过一段持续了很久的恋情。我拒绝娶她。所以到了毕业那天这种关系不得不终止了，我认为她去了西班牙，她学的是比较文学，一个高挑俏丽的女孩子，深色的眼睛，没隔多久我就收到了她寄来的结婚照。新郎不仅是个认知学家，甚至长得都与我有几分相像。所以几年后，当她写信告诉我她正在结束和他的关系时，我就知道我俩之间的关系彻底结束了。你在笑。

是的。

没什么好笑的。当时我们很认真，陷得很深，到了不能自拔的地步。我们上大二时她怀孕了。我们背着人提心吊胆地讨论了好几个月。不过后来她流产了。发生在某天晚上，当时我待在她宿舍里。她在卫生间里喊我。坐便器里水的颜色是紫红色的，屈膝浮在里面的是我的小小的复制品，虽然还没有一只老鼠大，不过从长相上看不容置疑是我的后代，和我一样的球形头颅，皱在一起的眉头，尖下巴。一点也不开心，我的后代，当然关注的也是内在的世界。

IV

我知道孩子出生后，丈夫对女人就不再那么重要了，母子间的纽带胜出，丈夫发现自己的地位被篡夺了。

是的，这时常发生。

嗯，在布萝妮和我们的小宝宝身上确实有所体现，母性的专注，虽然不那么强烈，但足以让我担忧。再发展下去会怎样呢？我注意到只要我乱扔东西——报纸书籍——她都会把它们捡起来，放到她认为应该放的地方。她具有超出常人的秩序感。显然随着时间的推移，我们之间的差别会逐年增加。我开始考虑将来——随着岁月的流逝，我们年龄上的差别会变得越发得显著。我决定去健身房健身。

不会吧。

真的是这样。我进入了一个腹肌、胸肌和股四头肌的世界，没人说和肌肉无关的东西。我憎恨这个地方，好汉们腰上系着举重带，杠子上装着阴沟盖大小的金属盘，吼叫，拱起自己的肌肉，趾高气扬地晃来晃去，以显示他们的雄壮。我在那儿连一分钟都待不下去，在这个或那个机器上做上十五次，为什么是十五次而不是十二次呢？我一直没搞明白为什么十五就是个神圣的数字。但是布萝妮赞同我的做法——她觉得锻炼身体是个好主意，我应该离开书桌去和这些机器打打交道。难道你还不知道要振奋一下自己的大脑，这是我听到她说过的最轻率无礼的话，好像我从来没有教过她大脑和身体之间的关系似的。

安德鲁，你不觉得自己有时候反应过激吗？

在十九世纪，所有的工作都是体力劳动。铁匠、木匠、泥瓦小工、农夫、挖沟修水坝的、铺铁路的、宰杀牲口的。人们不需要特意去锻炼身体。你知道纽约马拉松吗？

当然知道了。

如果我决定从事神经科学方面的研究——那么，课题一定要与公共大脑有关。比如蚂蚁，比如蜜蜂。

为什么？

一个蚁群的大脑就是蚁群本身。蜂窝的大脑就是蜂窝本身。我们具有群众性幻想和癫狂。写这个的家伙知道的比他知道的还要多。

你是指"郁金香泡沫"①？

为什么鱼群会同时改变方向？为什么没有领头的鸟群在飞行中会以比芭蕾舞演员还要精准的动作改变队形？再说战争吧。它们怎么就变得不可避免，而且一旦发生了，规模会变得越来越大。任何一个宗教组织，不管信奉哪一方神明，都要进行他们特有的诡异朝拜。人们在星期天去公园。为什么非得在那一天？

亲戚朋友在那一天相聚，休息娱乐。我们有城市，我们有充足和显而易见的理由在城市里建造公园。

你说得不对，大夫，只有在星期天它才是个真正意义上的公园，它需要大量的人群来证明它是座公园，因为只有当人群聚集在里面，它才能被称作公园，而且我们不应该被它的临时性迷惑而看不到它的重复性。

安德鲁——

集体大脑是个很有威力的玩意儿，但是我们无法和蚂蚁蜜蜂相比，它们拥有外激素的云大脑——通过化学指令执

---

① 郁金香泡沫一六三七年发生在荷兰，是世界上最早的泡沫经济事件。当时自奥斯曼土耳其引进的郁金香球根异常地吸引大众抢购，导致价格疯狂飙高，然而在泡沫破裂之后，价格仅剩下高峰时的百分之一，让荷兰各大都市陷入混乱。

行所有行为——性、战争、觅食。几亿年以后，当这个星球成为一片焦土，人类早已灭绝，蚂蚁会统治一切，也许是果蝇，也许是蚂蚁和果蝇一起，它们有考古倾向，会爬过我们城市的废墟，把我们的白骨排列整齐，陈放在自然博物馆里，为了搞清楚我们到底是谁，为什么要在地下、路面和跑道上铺满钢筋水泥，以及那些把我们从一处运往另一处，生了锈的假肢一样的装置，它们会从打开的窗口飞进我们骷髅般的公寓，顺着电梯通道往上飞，探索我们长长的地下隧道。

你在暗示它们会活得比我们长？

蚁群的集合大脑存在于单个蚂蚁体外。它是一个群体气态的化学特性，支配着每只蚂蚁的行为。所以观察它们时你会觉得它们知道自己在干什么，为什么要这么做。或许这个殖民大脑把智慧赋予个体不具备这种智慧的蚂蚁。这让我着迷。存活下去的概率得到了指数倍的增长。

我记得你引用过马克·吐温关于蚂蚁如何愚蠢的观点。

那是一只独自游荡的蚂蚁，是个特例。尽管这样，这只蚂蚁能够背负起自身重量三到四倍的重物。我没发现那些在健身房里举着井盖嗷嗷叫的家伙能做到这个。

我们干吗讨论这些？

似乎是出于羡慕，我们在对集体大脑做一些苍白无力的模仿。我们暂时性地放弃自己，屈服于一个更大的社会大脑，按照它的旨意行事，像计算机把自己的运算能力交给它们所属的网络一样。也许我们对这些生物——蚂蚁、蜜蜂的状况向往已久，它们的思考是外包的。云思考，一个化学超人。这让我们回到政治这个话题上。

我不确定你是不是当真的。

你知道爱默生吗？爱默生在思考他的同类时想到的、并错误地称它为"超灵魂"①的东西。他把它浪漫化了，让它成为表明上帝存在的伦理思辨的一部分。其实他所渴望的只是一种通用的外激素方面的天赋。

别开玩笑，安德鲁，你真打算从事这方面的研究？

时装当然也不例外。就连布萝妮也穿牛仔裤。我也穿。还有就是俚语，一句话突然就流行起来，大家都这么说，而且非这么说不可，无所不在，直到一天它像出现时一样快速

---

① 《超灵魂》是爱默生一篇探讨灵魂的文章，他认为灵魂是不朽的，是由一个与上帝相似的物质（超灵魂）创造的，在某种程度上所有人的灵魂是互相联系的。

消失了。[思考]你说什么？

你将来的计划。

别开玩笑了，大夫。我给你讲述的是我生命的终结。

当时我们正准备出门。星期天早晨，五月里美妙的一个早晨，我们本来要去沙利文街一家法式小餐馆吃早中饭。布萝妮已有八个多月的身孕，行动有点迟缓，等她的时候我打开了为证明我们已组成家庭而购置的电视机。电视里正在播放一部关于纽约马拉松的纪录片。数以千计着装鲜艳的马拉松选手正蜂拥通过维拉萨诺大桥。有一阵我出现幻觉，觉得布萝妮就在这群人中间。不过她在我身旁现身，好像是从电视屏幕里走出来的。

外出用餐的打算被丢在了一旁，她被彻底迷住了。

不管怎么说场面很壮观，一大群奔跑的人潮水般地涌过银色的大桥，几千人在同一时间做着同一件事情，这支壮观的长长的队伍在考验自己在跑完二十六英里后会不会倒地而亡。我不得不承认，这项有着古老典故的运动极其地简单明了。它怎么就能激发大家去做一件除了证明自己做过外没有任何回报的事情。奖金当然是有的，但那是为来自其他国家的世界级的长距离选手准备的，一个男人或女人，穿着运动短裤、别着号码布的螺纹短衫,跑鞋和肌肉发达的身体让他们的性别模糊难辨,比其他人提前数小时撞线。[思考]我妻子当时并不知道。就好像这些奔跑的人将把我们拽起来,拉着我们一起向前跑,奔跑的人流最终将吞没我们。

跑步会有这么强的预兆?

没等她开口我就知道了,布萝妮当场发誓参加下一场马拉松赛。坚定地点点头,握紧拳头。不管怎么说,初次见到这个姑娘时,她正在高低杠上旋转。我忍不住笑了起来——眼前的她就像一只熟透的西瓜,却在计划孩子一出生后就开始训练——但她没在和我开玩笑,我的不认真态度激怒了她。我要去跑,安德鲁,我会去的,不管你说什么,我都会去的。这件事就这么定了。

这不是布萝妮第一次耍小孩子脾气,一旦认准了什么,谁的劝说她都不听。这让我想到比尔和贝蒂肯定有过束手无策的时候。

她的眼睛一刻也不离开电视屏幕。摄影镜头从领先者移向普通选手和路边给选手们递水加油的人群,一位选手一拐一拐地走着,另一位在大口大口地喘气,部分选手的表情严肃，注意力高度集中，让你觉得他们只看得到他们前方的路面，只听得到自己机械的脚步声。不过，当看到泪水顺着布萝妮的脸庞往下流时，我的内心受到了责备。她坐在沙发上，身体前倾，仿佛置身某种宗教氛围之中。所以我没有与她争辩。节目播完后我拥抱了她。孩子将在六月出生，她觉得自己能在十一月——马拉松赛开赛时间——彻底恢复，并成为一名穿越纽约五大区，过桥越坡地跑完二十六英里的长跑选手。尽管她的想法非常不现实，但我没有多说一句话，我只对她说我和小宝宝会在中央公园的终点线等着她。

薇拉很体贴，只比预产期晚出生了几天。从孩子出生到布萝妮夏日清晨推着童车奔跑，这之间隔了有多久？有时候我们一起乘出租车去中央公园，布萝妮绕着水库跑圈，我守着童车读书，宝宝哭闹时就抱抱她，喂她奶——我一点也不用担心。不用多久活力四射的布萝妮就会笑着跑过来，她的手臂亮闪闪的，上衣被汗水湿透，在她仰起头喝水的时候，我研究着她漂亮的脖颈和喉结的蠕动。就在阳光照耀的长凳上，她会解开哺乳胸罩，给宝宝喂奶，母与子，一幅圣洁的画像，呈现在这个到处是出游的家庭、狗在叫、儿童玩滑板、气球小贩走来走去的绿色公园里。

你在描述一种田园生活。

第一次做妈妈的人是怎样立刻获得做母亲的知识的？大脑里某个固有的东西被调了出来。还有就是她对生活的安排。她总能挤出时间做她该做的事情——照顾小宝宝、教辅导课、照顾住在隔壁的老奶奶。在最热的七八月份，她会在黎明时分离开家，先跑上七到十英里，她跑完了别人也开始上班了。她会跑到城里有办公楼的地方，找一座可以爬楼梯的办公楼，跑上个二三十层作为力量训练。

你肯定赞同她的做法。

那还用说。我不是也去健身房吗？我们是一个团队，连薇拉也出门看她妈妈跑步。跨出家门时布萝妮几乎脚不点地。她的腿似乎也长长了，那种在传统芭蕾舞里才能见到的轻盈。[思考]

还有呢？

我还买了部带留言机的电话。"喂，布萝妮？布妮，在吗？我是德克。我从你爸妈那儿要到你的电话号码的。"

她过去的男朋友？那个橄榄球运动员？

布萝妮不在家。她外出辅导学生去了。

你告诉她了？

当然了。她回了电话，同意一起午餐。她告诉我他在城里一家交易所找了份工作。

不打橄榄球了？

他说他肯定成不了职业球员。他学的是商科，他父亲在纽约认识一些人。

对此你有何感受？

晚上在床上，我感受到她像以往一样紧贴着我。我感受到睡在我们床边小床上我们造出来的婴儿。我感受到怀里的她的心跳，就像我自己的心跳一样。你为什么要问这样的问题，难道我一生的挚爱就这么不值得信任？你是这么想的吗？还是觉得我会这么想？一切都在她年轻诚实的脸上写着呢，没有欺骗，没有秘密，她主意已定，她现在有了一个家庭。不过他们是老朋友，见一面又有何妨？我俩甚至都没有再提这件事。

这么说没出什么问题。

问题出在那一天。那一天出了问题，他们约好午餐的那一天早晨出了问题。[思考] 你可以这么说。前一天晚上薇拉有点烦躁，布萝妮比平时晚起了一点，出门跑步时已经快八点了。那将是繁忙的一天。跑完步她要洗个澡，换上适合去餐馆午餐的衣服，出门前先去看看隔壁老妇人有没有事，和德克吃完午餐后，下午还有两个小时的辅导课。所以对她来说将是非常忙碌的一天。[思考]她吻了吻我的脸庞，说：薇拉喜欢在早餐点心里加苹果酱，说完就离家沿着自己设计的跑步路线跑步：沿哈德逊街跑到滨海艺术中心，跨过自由街，或许会在世贸中心停一下，跑几趟楼梯，然后沿百老汇街往北跑。

"布萝妮，看来是命中注定的了。我不得不取消了，"笑声变成了抽噎，"如果能再见你最后一面，我就心满意足了。但是你得上我这儿来，我不想让你上来。不想。只想和你说几句话。你在吗，布妮？喂？哦，老天爷。这是留言机。"

安德鲁，这是什么？

我在给你念留言机上德克的留言："好吧，教授，我留个言。留言机里的声音是你的吧？我现在已站在窗框上了，不能走得再远了。太高了，热是一回事……站在光溜溜的钢架上……你的留言机录下这些是不是很棒,因为这肯定是我生命的最后一刻。所以说我结束了,但是包括你在内的其他一切将继续下去,特别是你,教授……我们的听力不如蝙蝠,视力不如老鹰。还记得你说过这些吗?我们所知有限,记得吗?那么我想问问你,你他妈的怎么就敢肯定上帝并不存在?把你的狗屁答案说给我听听。"

他这么健谈——能想到这些?

我只是把他的原话告诉你。当那个无法想象的灾难接管后,留言机里出现了短暂的停顿。随后他的声音回来了,不过像是从很远的地方。"从高处往下跳,我的理解是我会死掉……在我接触到地面之前。希望是这样的。我真心希望这样。难道不像是在飞翔吗?我将要飞翔。我将要自由地飞翔。会很凉快,因为这里热得像地狱。我觉得是时候了,哎哟——金属快把我的鞋子熔化了。跨出去吧,干吗不呢,干吗不呢。我要把电话放在口袋里,他会听到我的飞行,把它留给后代吧,以讲课的方式传告诉别人:布妮的情人是怎样死掉的。教授,你这个老狗日的,你用漂亮的鬼话把她从我身边偷走。不过你听好了:你要给她一个好的生活,为她活着,否则我会让你不得安宁。我会住在你该死的脑子里。"

天啦——

之后，我听见他身后的火焰发出类似野兽的嘶嘶声，我觉得，现在我不用听录音就能听见发生的一切，我也听见了他工作的第九十五层楼上其他人被烧死时发出的声音，他们的哭喊声是烧着的骨头留下的最后的有机痕迹，一种诡异可怕的合唱，最终被熊熊大火和金属扭曲发出的声音所淹没。随后我听到了空气阻挡物体坠落发出的声音，像飞机引擎的声音，越来越响，音调越来越高，声音只持续了几秒钟，一段静默后留言机"嘟"的一声，磁带走到了尽头。

这么说是那天早晨。

是的。

当时你在干什么？

没干什么。

我不太明白。

什么也没干！等我回到家，注意到留言机上提示灯在闪烁时，一切都已经结束了。老天爷，大夫，那天你待在哪个国家？那一刻全国有谁不知道发生了什么？布萝妮在哪儿，我的妻子在哪儿？我抱着婴孩上街找她。呼喊着她的名字。希望她在街角出现。到处一片混乱，救火车、街上跌跌撞撞奔跑的人群、叫喊声、警笛声，好像她被所有这一切吞没了。她在哪里？她会首先想到薇拉。她会立刻回家查看小宝宝的安危。难道不是吗？那么她在哪儿呢？

哦，安德鲁……

她肯定被困在那里了！我回到公寓，找到一个愿意帮我看孩子的邻居，就朝城里跑去。我当然无法接近事发现场。双塔①中的一座已经倒塌。人们跌跌撞撞地经过我身边朝城外跑，他们身上满是灰尘，就像是已经被火化但形体还没有崩塌的人。我以为看见她了。布萝妮！我拦住她——透过灰蒙蒙的面罩看着我的眼睛亮闪闪的，充满恐惧，那是这名女子身上唯一有生气的部分。我甚至想帮她擦去脸上的尘土。你想干吗？她说。滚开！没有用——禁止通行的线已经拉起来了。护栏、警察、火光、救护车、警灯、对讲机的嘎嘎声。我等在一个街角，等着她的面孔出现在逃离的人群中。这时我知道没有希望了，觉得如果现在跑回家，我就会见到

---

① 美国世贸中心的两座摩天大楼，于二〇〇一年九月十一日被塔利班劫机撞毁。

她……但是家里只有留言机上的灯在闪烁。

难道她是凭着直觉跑向灾难现场，以第一时间救援者的本能纵身跃入火海的？我并不知道答案。只是到了后来，在我走遍了警察局之后，才会足够疯狂地认为她是为了去营救德克，为了把他带到安全地带才会攀爬那九十五层楼梯，灾难性地、疯狂地、充满激情地。在我心情不好的时候，我会这么去想。但是他们原计划在那附近午餐，而她有可能都不知道他在哪儿上班。不过这又怎样呢？他广播了他的死亡，但是她的沉默让我在心里把他们联系在一起。好像可以把他们同时但互不知晓的死亡解释成他们命运的一种特殊结合，变成一对不幸的恋人。不过只有我把自己扯进去才会这么去想。

要是我就不那么去想。

布萝妮的遗体一直没有找到。［思考］我现在说这句话时居然如此平静。

认识的邻居都知道了。他们挤满我家。他们抱着小宝宝。

121

街上贴满了寻人告示，每一堵墙，每一截栅栏，信箱、电话亭和地铁站里，告示上的照片栩栩如生。姓名、年龄、失踪地点。黑色记号笔写的电话号码。你见到过这个人吗？请拨打这个号码。请来电。我四处张贴布萝妮的照片。姓名、年龄、失踪地点。我想让人们看清她的面孔。我知道没什么用，但觉得必须这么做。我带着告示去公园，她在对我微笑。我有一个装着她照片的文件夹，里面有整整一百张，在复印店复印的，我四处张贴。她属于失踪者的群体，他们的姓名和地址，我们所爱的人。请来电。她成了由遗物组成的社区里的一分子。

　　救火栓边上的空地、校园的栅栏和路灯下方的布告牌成了临时悼念场所，失踪者的照片、他们的孩子的图画躺在松柏之中，四周是蜡烛、花束和漂浮在盛满水的碗里的花瓣。过了一两天，有人在我门前摆放了鲜花。

　　我尽量忍受着。我睡不着觉，躺在床上等着锁孔里发出钥匙的转动声。邻里的妇女帮了一两周的忙，这之后我只有依靠自己了。薇拉会用她妈妈的蓝眼睛看着我。我觉得是一种无声的审判，尽管知道这不是真的。她有时会哭闹，目光越过我去找布萝妮。我只得前后摇晃着童车。在举国伸张正义的誓言中，纽约马拉松赛于十一月如期举行。天气变冷了，下雪了。我把薇拉包裹起来，把她的小脚塞进裤腿，手臂塞进毛衣，然后是帽子、棉衣和毯子，再把裹成一团的她放进汽车婴儿座椅里。为婴孩做好冬日出行准备是一项艰巨的任务。直到为她系好安全带，发动起车子，我才意识到自己的打算：我将带她去找玛莎。

V

喂,大夫,为了尽可能远离你,我才住进半山腰这栋俯瞰峡湾的小木屋里。这里连一本用来打发时间的马克·吐温的小说都没有,克努特·汉姆生①的作品也找不到。小木屋里有一张桌子、一把椅子、一张小床、一个水池、一只露营炉和一个抽水马桶,紧凑得像一间牢房,不过我可以站在门口,遥望挪威山峦环抱的清澈溪谷——山峦是墨绿色的,色调比瓦萨奇山脉要深,比它洒满光斑的西部表兄弟更自成一体,更连绵起伏,更庄重。下雨的时候我才能洗个澡。虽然我所处的高度听不见声音,但似乎为了证实把峡湾当作国家遗产的那些人的沾沾自喜,一艘看起来像玩具那么大的邮轮定期从我下方漂过。我可以大声喊叫,倾听自己的回声,很微弱,或许那只是我的想象而已。这么做是想让自己相信我不是孤身一人。我也经常唱歌,我记得老歌排行榜上歌曲的

---

① 克努特·汉姆生(Knut Hamsun,1859—1952),挪威作家,一九二〇年诺贝尔文学奖获得者。他信奉德国哲学家尼采的哲学。曾在各大报纸上发表赞扬希特勒侵略行为的文章。

歌词。我的大脑在不知不觉中存储了大量与曲调有着神经关联的歌词。我只要说出歌词，就能想到对应的曲调。有一个就会有另一个。水池上方有一面马口铁镜子，照镜子让我身边多出一个人来。我是在模仿维特根斯坦做法。他对思考中的大脑的欺骗性有着透彻的了解。不过盯着自己看是很危险的。你穿过无数自我疏离的镜子。这也是大脑的诡计之一，让你认不出自己来。

这里信寄不出去，估计只有等我回来后把信交到你手上，并坐在一旁看着你，你才能读到这封信。如果能等到那一天的话。尽管这样我还是要写。我能理解你为什么要问这些让我重新经历旧事的问题——在我复述这件事，背诵缠绕在我脑海里的死亡留言，以及以无声电影的方式传达给我的布萝妮的死讯时，她的面庞用我听不见的言语与我急切交谈，围绕她面孔的快门在关闭，光圈缩成一点，最终一片黑暗……因为你只想得到这个讯息：我有没有通知布萝妮的父母。你是个实际到不能再实际的家伙，干什么都按部就班，期望别人做什么都有根有据。照本宣科地生活。比尔和贝蒂怎样了，你说，你该给他们打个电话吧？认定我没有打这个电话。实际上事情发生的那一刻他们就来电话了，用他们遥远、加了弱音器的小号般的声音。她还没回家，我说，别着急，我会让她给你们打电话……尽量掩饰我声音里的颤抖。

如果我疯掉了，肯定比清醒意识到这种冥想中的孤独要好得多。**我和我的影子……黑暗中起舞**①。我时不时瞟一眼那把切面包用的大刀。它也在看着我。

他们不久就去世了，比尔得了中风，贝蒂因憔悴而亡。两具小棺材，而代替布萝妮的则是一罐无名氏的骨灰。全家都因扭曲的丧葬用品而蒙羞。

你需要收回这封信吗？

不需要。本来就是写给你的。

不管怎么说，你回来了我很高兴。我不知道你熟悉通俗歌曲，还喜欢唱歌。

怎么说呢，身处峡湾的我是个完全不同的人。

---

① 《我和我的影子》和《黑暗中起舞》是两首爵士乐的名字。

VI

安德鲁卖掉家具，中断租约离开了纽约。现在这个城市属于布萝妮了。他看见她从街上跑来，看着她转过街角或是回头看他。此外，他也找不到工作。他在《高等教育记事》看到乔治梅森大学有个认知科学临床教授的职位，但面试不成功，他知道不会有什么结果。就这样他去了华盛顿，想着或许可以用蚁群模型来做管理学中的群体大脑研究。但是他唯一能找到的是华盛顿一所中学的科学课代课老师。他应聘了。不到一个月，一位老师得了心脏病，安德鲁成了一名拿代课老师工资的全职老师。他找了间单间公寓住下，成了一名华盛顿人。这符合他关于自己的生活一无是处的看法，把自己从大学降格到一所公立高中。

一无是处？我们能就此多聊一会儿吗？

这所高中的教学楼就是一座废墟。到处油漆剥落，桌椅破损，厕所常年失修，黑板开裂得像是经历了一场地震，百叶窗不是拉不下来就是升不上去，一派陈腐发霉的景象。他在教室前面一张课桌旁坐下并慢慢向后倒下去，此举立刻赢得了同学们的好感,直到摔倒后他才发现那张椅子只有三条腿。尽管笑声不断,还是有几名学生立刻上前把他搀扶起来,并找来一把功能齐全的椅子,他知道这不是他们的恶作剧。实际上,也许正是由于学校糟糕的状况,老师和学生被一种百折不挠的患难情谊捆绑在了一起。孩子们用蜡笔画盖住墙上的破洞,他们画他们自己的历史壁画,排练期末上演的音乐剧,为他们的篮球队加油。老师学生直呼其名,大家在同一个餐厅用午餐,曾经的教师餐厅里堆满了损坏的设备(投影仪、录音机、电视)、桌椅、档案柜和一架只剩下一半琴键的立式钢琴。安德鲁拿到的生物课教学大纲很简单。他利用解剖青蛙的机会重复了伽伐尼实验①,死青蛙的腿被金属探针触碰后,像还活着一样抽动,他借此把一些大脑科学的基本事实传授给学生。他越偏离教学大纲,大家对他教的东西越喜欢,男孩女孩,当中有密不可分的情侣。一个学生跳上讲台,把拳头放在嘴巴前面作麦克风状:"这是脊背,那是腹部,这个是喙,所有这些只不过是人脑的……"

---

① 意大利医生和动物学家伽伐尼(Galvani)于一七八六年在实验室解剖青蛙,用刀尖碰剥了皮的蛙腿上外露的神经时,蛙腿剧烈地痉挛,同时出现电火花。伽伐尼的这个偶然发现引出了伏打电池的发明和电生理学的建立。

但是那天早晨手拿报纸咖啡，还听见一个让你修理纱门的声音的那一刻，你不在去这所学校的路上吧？

不在，那时我已在白宫地下室卫生用品储藏室改造的房间里有了一张办公桌。

白宫地下室的卫生用品储藏室。

是的。我真舍不得离开那群孩子。他们让我鼓起了活下去的勇气。他们喜欢我为白老鼠建造的迷宫，观察老鼠的大脑怎样熟悉外部世界。哦，还有那个"两个小偷悖论"。这个认知学第一学期的标准题让他们炸开了锅。一个聪明的侦探私下分别对两名犯罪证据不足的小偷说：他的同伙已经背叛了他，招供了。每个小偷有机会选择。背叛或保持沉默。如果两人都背叛了，他俩都将蹲上十年的监狱。如果只有一个人背叛，背叛者只需坐五年牢，而那个没有背叛的同伙将得到二十年的刑期。如果两人都选择不背叛，他们将被无罪释放。那么对每一个小偷来说，最好的策略又是什么呢？他必须判断另一个人是否背叛了他，并根据自己的判断做出正确的选择。我们玩了好几次，让自愿扮演小偷的学生轮流站在教室外面。同学们朝背叛者喝倒彩，嘲笑他们。当两个志愿者都选择不背叛时，他们得到满堂的喝彩。

你似乎在那所中学找到了家的感觉。

我确实对这里抱有好感，也喜欢教孩子，能够介入他们一生中最生气勃勃的时光。对此我有点惊讶。在早上八点到下午三点这段时间里，我什么都不想，脑子里一片空白，不再回忆过去。

不过你还是选择了离开。

我在那里教书还不到一个月，一天课刚上到一半，一伙人在校长的带领下，不预先通知就闯进教室。三四个穿着西装、耳朵里塞着电线的男子，拿着相机的摄影师，以及两名看上去像是记者的人。没人说一句话，直到教室的门再次打开。一名男子闪身而入，在门边站定，这时从他身后大步走出一个面带笑容的人，美国总统打断了我的读心术课程。

我的天啦。这是什么活动？

没什么活动，一个在公开场合拍照的机会，例行的吹捧。他在开裂的黑板上写下自己的名字。他对同学们说，他为他们在逆境中奋斗、不辍学、不被困难吓倒的精神感到骄傲。他们像经过淬火的钢铁，变得更坚强了，这是多么酷的一件事情啊，好像是在暗示贫困对他们是有好处的。孩子们惊呆了，连他粉笔断成两截时也没人发出一声笑。他让几个学生上来与他合影。从来没有一间中学的教室如此鸦雀无声。我被挤到了窗户边上。由于背对着光，我希望他不会认出我来。

他怎么会认出你来？

他接着往下讲，在宣称自己和同学们是邻居时，一点也没想到这里面的讽刺意味。整个事件五分钟内就结束了，教室像刚才挤满人一样，突然就空了下来。但是就在他转身离开那一刻，太阳被一块乌云挡住了，我从阴影里现出身来。他看见了我。脸上瞬间露出惊讶，眉毛直立起来，他停下脚步，脑子在转动。他的梭状回。

他的什么？

起辨识面孔功能的大脑颞叶。

你说总统认识你？

这有什么大惊小怪的？我们在耶鲁的时候是室友。

大学时的室友？

嗯，是的，耶鲁是一所大学，大夫。我曾在那里替他受过几次过。一周后，他参观我所在高中的事上了报，校长办公室来电说放学后会有一辆车子来接我。不能说我感到意外。我被接到白宫，大门口的一名海军陆战队队员向我敬

131

礼，在那里等候我的秘书护送我穿过众多已故总统的肖像，去见白宫办公厅主任的一个副手。

不是总统本人？

还有更糟糕的。他们想任命我为白宫神经学研究室主任。这个工作将跟踪各国神经学的发展状况，最终成立由认知学家组成的委员会，由他们制定人脑研究的方针策略。这份工作的报酬是适中的 G 等级薪资。

我的天啦。突然就——

我从来没听说过这样的机构，这是有原因的。这是个新成立的机构，而我将是被任命的第一位工作人员。你知道的，我在认知科学领域名气并不大，所以我首先想到的是我当年的室友在拿我寻开心。[思考]除非政府须要加大神病理学研究的力度，而且这项工作已经持续了一段时间。

你真的这么想？

行了，大夫，你的表情说明——

什么表情？我一点也不知道。

——其实你是知道的，却假装什么都不知道。你不觉得对于一个政府，预测民众对外来刺激的反应很重要？

特别是那些外国人？或利用磁性给致幻的心智成像？怎样去操纵大脑的可塑性？以及无数对政府有用的心理问题？

你是说洗脑？

洗脑是上世纪五十年代的事。真不知道我为什么要和你聊这些。不管怎么说，他没在开玩笑，这是一份足够真实的工作。他们只不过想盯着我一点。我后来才知道那是"告密者"①的主意。

告密者？

总统就是这么称呼他的。他的竞选总管。据说是总统的大脑。我怀疑里面还剩下多少有用的东西。

告密者。

有时也叫他"狂人"，不管是什么，都是没毛的东西②。

明白了。

我渐渐意识到，没有人在意我的工作，更别说总统本人了。问题的关键是下一届选举。某个记者会找到我，我会说

---

① 原文里的皮契尔（Peachums）是歌剧《三文钱歌剧》（Threepenny Opera）中的一个角色，是个告密者。
② 告密者的词头是桃子，而狂人（Plumsy）的词头是李子，这两种水果都是光滑的，这里暗喻他是个秃头。

出我们大学时代的丑闻，还真有几件。比如本森灯①事故。我从来没向别人提起过我著名的室友，但这并不表明我将来也不会。这个从他不光彩的过去冒出来的我成了他手下的心腹大患。我必须在一份保密宣言上签字。作为一名政府机关的雇员，如果我泄露机密，将受到法律制裁。我看着那张纸，琢磨着是否签字。这是一把夹住我嘴巴的钳子。

但是你接受了。

我怎么能无视总统的召唤呢？[思考]不对，这不是真话，就像我俩的人生轨迹是两条圆弧——他的上扬，我的向下弯曲，形成一个完美的圆，在同一时间同一点重叠在了一起，而他把这个物质化了。这是不可避免的。

我不得不说你让我吃惊，你从来没提起过这件事。

为什么？

怎么说呢，通常情况下至少会说一下自己过去的室友是美国总统吧。这可是能用上一辈子的茶余饭后话题。

---

① 本森灯（bunsen burner）是以德国化学家罗伯特·本森（Robert Bunsen）名字命名的一种实验室常用设备，可用来加热和杀菌。

你是说我在编故事？

当然不是。我只是好奇你等了这么久才说起。

我不需要借助他人生活，大夫。之所以不提这个是因为我说的那些对我来说更重要。

好吧。

另外，他也没有什么值得吹嘘的，不是吗？我没有投他的票，也不会主动与他联络。要不是那个事件的余波，他也不会出席这一类的活动……余波……[思考]提及名人最终只不过是一种自吹自擂，难道不是吗？不过从实际结果看，他是我室友也没有什么值得庆幸的。也许我该在一开始就提到这个，就像这是一件对我来说值得一提的事情。

别这么说，我相信你——你现在在这里，不正说明了一切？

我是个有政治见解的人，大夫。除了我已经告诉你的以外，我还是一个对自己国家的历史很敏感的人。我的室友通过非正常的竞选手段才得到他今天的位置。我知道他当政后发生的一切——他选择的战争，他的反科学。我对他和他身边人的品质太了解了。[思考]这些都有人做过分析，你只要读读报纸就知道了。这些战争根本就不该发生。情报明明白白地摆在那里。

你是想说你怪罪于他？

我有怪罪他人的资格吗？不过他是个没有价值观、不负责任、容易头脑发热的家伙……我相信他把致命的懒惰带给了联邦政府的大脑。理论上讲什么样的总统决定了什么样的国家。这值得细究，你不觉得吗？我一直为不能从事自己领域的原创性研究感到绝望。从假设存在某种政府大脑的起点出发——我觉得这是个机会。

很合理。

不对，你根本不懂。我的钱包里有一张布萝妮和我家小宝宝的合影。她们在阳光下，在公园里，薇拉像坐在宝座上一样坐在布萝妮的手臂里，她们面对着我，母与子，两个金发女郎，大笑着，从照片里飞身而出，填满我的双眼——

然后呢？

所以我在保密合同上签了字，成了位于白宫地下室的神经学研究室的主任。我想要走进历史，去行动。把真正的自己最终表现出来。

你说什么，安德鲁？

这就是那天早晨我手里拿着咖啡报纸，站在街角等红绿灯时做出的决定。

VII

喂,大夫?我在用墙上的老式电话和你通话,那种需要拨号的电话。你听得见吗?

听得见,安德鲁,很清楚。

不管东西多么破旧,似乎都影响不到她们的生活。真是不可思议。当地的电话公司肯定也和这栋房子一样陈旧。还有那辆平板卡车,四个轮胎磨得光秃秃的,油漆差不多全脱落了,像一件艺术品。所以她们只好徒步去镇上,我也一样。这个小镇也好不到哪里,简陋昏暗、一成不变的小店铺,不过总能找到你需要的东西。五金店主也兼修屋顶,我常在院子里捡到落到地上的木瓦片,于是去镇上找他修屋顶。房子在漏雨,而老妇人只在漏雨的地方放一只水桶。

那扇纱门怎样了?

哦,我把它修好了。纱网没问题,问题出在其中的一个铰链上,上面的那个,从门框里脱落出来了。不过我把整扇门卸下来修理,新铰链,新纱网。当然门框本身也太松软了,像海绵一样,所以说白蚁才是问题所在。发现得还算及时。我手头要做的事很多。窗户打不开，地板咯吱作响。当把注意力集中在具体事情上的时候，感觉真的很好，一双手带给自己的满足，从小事情做起。

这么说你打算在那里待一阵了。我正琢磨你去哪儿了。

这里有点特别。你知道为什么有的地方会无缘无故留在你的脑海里吗？我想说的是，这里不是山中宫殿，也不是棕榈树荫下的庄园。她们让我住在厨房后面的一间房间里，只在地上放了一张床垫，然后就不再过问我了。一点也不好奇我是谁，从哪里来。我能察觉到即使我转过身去，她们也不会瞅我一眼。所以我有理由感觉这里很安全。没有理由不这么认为。我是说，我不可能给与我无关的人带来伤害。

她们从来没有谢谢你？

听好了。我打电话来是要问你一件事。她画画。我觉得我和你说过。

什么？

这个孩子，这个小姑娘。她从双车道上的校车上下来，沿着土路一路小跑，把书包扔在厨房的椅子上，在桌旁坐下，拿出彩色铅笔、蜡笔和图画本，就画上了。这是她唯一想做的事情。老妇人给她端来一杯牛奶，她根本顾不上喝。

你在听吗？听得见我说话吗？

清楚得就像我们待在同一个房间里一样。

当感觉到我正透过纱门观察她，她涂掉她仔细认真画出来的画，手握铅笔，销毁她的成果。

也许你不该去观察她。孩子们对自己认为有意义的东西都很害羞。你和她说过话吗？

我什么也没说。这间农舍里几乎不存在对话。老妇人和孩子之间有种哑剧式的关系。她们互相理解，似乎不用说话就知道何时该做什么（什么时候去上学，什么时候上床睡觉）。我也变得和她们一样。我知道早晨喝咖啡的时间，知道什么时候该干活，我知道晚餐的时间，知道以点头的方式道晚安。就像一部无声电影。

你说你在那里待着很舒服。

到目前为止。昨天晚上她们上楼睡觉后，我去了厨房。她们留了一盏灯。我看了那天她在图画本上画的画。这个孩子。［思考］

安德鲁你还在吧？

她画得非常好，比同年龄的孩子画得好很多。她真的很棒。画的都和马戏团有关。玩杂技的、空中飞人、翻筋斗

139

的、人搭起来的金字塔。站在马背上穿着蓬蓬裙的姑娘绕着马戏场跑圈。都是一些形体完美的小个子人物。

安德鲁？

她们来了。我挂电话了。

VIII

好吧，如果你对我的大学生活感兴趣的话，我就说一点吧。我从来没想到会和他成为室友。别忘了他的姓氏。而我，一个拿资助的学生。不过学校禁止搞特殊化——每个新生的待遇都一样。他笑话我的笨拙。我俩总是麻烦不断，一对不合时宜的人。[思考]我估计我俩再次相逢是迟早的事。

你提到过的本森灯事故是怎么回事？

我们的住所成了社交中心，高朋满座。当然，多数情况下他唱主角，不过作为配角的我也在校园里出了名。没有他我就失去了身份，我肯定是在某一时刻意识到了这一点。不过我和他毕竟不一样，所以我一直没有放松学业，为此他很生气。为了应付考试我会坐在书桌前死记硬背，这让他受不了，他会拖着我去酒吧。我得为他说句公道话，由于和他厮混，我在女孩子面前变得更勇敢了，到了大三我就有了相当正式的女朋友。但是和他在一起的时候，你有充当小丑的压力，要想法子让他开心。不仅仅是我，其他人也这么做，想方设法满足他的期望。时不时的，几杯啤酒下肚之后，他的坏脾气就会爆发出来，因为他确实有脾气。[思考]玩笑演变成对别人的伤害或侮辱。他从来不读书，成绩实在不怎样。不是说他就没这个能力。他喜欢与别人对着干。他在表明自己的立场。

那么那个本森灯事件到底是怎么回事呢？

发生在无机化学实验课上。当时我就站在事发现场，一块烧杯的碎片扎在了我的脸上，血顺着我的下巴往下流。有什么东西爆炸了，我也不知道是什么，房间里到处是浓烟，有人在咳嗽，尖叫，自动洒水系统开启了，一眨眼的功夫实验室成了灾难现场。实际上，这件事本身有点好玩。教授跑进来驱散烟雾，想当然地认定我就是肇事者。我都不想去解释。

嗯，不过这不像是一件会伤害到三十年后的选举的事件。

嗯，不止这一件。我有时还辅导他功课。

那又怎样？

现场辅导，比如，在考场上。

我明白了。

就是这样。但是考虑到我也是从事学术性工作的，我为什么要在现在说出这件也让我丢脸的事呢?

我理解。

因本森灯事故我被留校察看一个学期。还收到一份春假期间和他一起回他老家的邀请。

我所记得的只有他令人敬畏的母亲冷冰冰的一瞥,他父亲漫不经心的握手致意。儿子对他们粗鲁随意的待客方式习以为常。我背着双肩包站在一旁,工作人员紧张地跑来跑去。这个家庭正忙着为一场晚宴做准备。我跟你讲我和室友两人在楼上一个巨大的套房里抽大麻,视野之内看不到一本书。

安德鲁看着窗外——那种铜质窗框打不开的窗户,他只能看到宽阔空旷街道对面的一栋和他所处房屋一样的建筑,让他觉得看到的是自己的影子。这是一些设计得像办公楼的公寓,流行文化在建筑上的表现。他从来没有见过像这样散落在平原上的城市。城市在下午烈日的炙烤下闪烁,热浪滚滚的天空下一望无边的停车场里停满了汽车,市中心的那些蒙着深色玻璃的摩天大楼毫无特色。安德鲁确信如果没有挤满人和商铺的窄街道，汽车喇叭声、水泄不通的人行道和持续到凌晨的夜生活，这个地方就不能称之为城市。而这里太阳落山后就死气沉沉的，交通信号灯盲目指挥着并不存在的车流。两个大学生受邀参加第一天晚上的晚宴，被安排在三盏金光闪闪的枝形吊灯下方的巨型餐桌的末端。连我都能看出来餐具都是上好的瓷器，沉甸甸的刀叉，细脚葡萄酒杯上反射出的灯光像一个个金色的小太阳。而这只不过是他们的备用餐厅。我们与秘书佣人一起坐在下席，没有人愿意聊天，一群无精打采的人沉默地忍受着低人一等的待遇，而坐在餐桌另一端的人则在相互引见，交杯换盏。实际上这是个丰姿多彩的晚宴，来客中有头戴阿拉伯头巾、身穿订制拖地长袍的酋长王子，没有女伴的男人，留小胡子和络腮胡的，威严庄重，令人肃然起敬，而且他们的棉质服装非常适合这里的沙漠气候。不过我最想告诉你的是，当晚宴结束后，大家起身离开餐厅，安德鲁不小心踩住了一个王子的裙裾——如果那玩意可以称作裙裾的话——裙裾被撕开了，其中的一片被扯了下来，我眼前是一条毛茸茸的大腿，下面是一只跑鞋。这是我们唯一记住的。随后室友把我拖进侧面的一扇门，拉着我一步两级台阶地往楼上跑，一直跑到他的房间，两人倒在床上大笑不止。

  第二天早晨秘书通知我离开。看来这个家庭的继承人给司机放了假，他有点伤感地开车送我去机场。机场是以他们家族的姓氏命名的，升降机的上方悬挂着他父母的大幅照片。学校里见，他说，一反常态地沮丧。安德鲁现在明白了，他曾以这个挣扎中的室友的配角身份卷入到了这个家庭的风暴之中。

IX

以上是我的回忆,这下你不用再怀疑我了吧。

我没有怀疑你。

见到已是中年的他后我还是有点吃惊。除非每天见面,你才不会察觉到一个人身上日积月累的变化。过了一阵,他留在我记忆中的形象恢复了。

你没看过照片、电视采访和他的演讲吗?

面对真人还是不同。后来在椭圆办公室那些无所事事的日子里,我认出了他道出一个愚蠢笑话的笑点前嘴角的抽动。这点没有变。那股傲慢劲头也还在。但是眼神,眼神里有一丝恐惧。好像他意识到自己变成了一个什么样的人。蓝灰色的头发失去了光泽,额头上方的头发稀疏了一点。

至于其他几个人,钱甘和鲁姆巴姆,都是小男人,我是就他们的体型而言,一个脸膛红红的,嘴角紧绷,另一个衣着发式无可挑剔,像一只孔雀,不过两人看上去都比照片上要小得多,很有意思。

你在说谁?

这是他的游戏（很微妙，真的），是喜欢你的表示，一种尊敬，像烙在小公牛身上的烙印，这也是让你知道你属于他的一种方式，知道自己所属的位置。就像那个"告密者"的情形。所以他政府里两个处理日常事务的关键人物，一个是"被捆绑的奴隶"①，一个是"酒囊饭袋"②。

那你又是什么呢？

在一阵开心的大笑声中他也给我盖上了印记。我是"安卓"③，机器人。

明白了。

真不可思议，好像他脑子里的回沟比别人好使得多。好吧，我是机器人。用你的指头敲敲我，听见"梆梆"响了吗？

不管怎么说，你去了。

他从来不问机器人的个人情况，日子过得怎么样，有没有结婚，有点好奇心的人都会问的问题。好像我们从来就没有离开过耶鲁。

---

① 钱甘（chain gang）意为"被捆绑的奴隶"。
② 作者在这里玩的语言游戏，鲁姆巴姆（rumbum）拆成两个词的意思则是"酒囊饭袋"。
③ 安卓（Android）是经常出现在科幻电影小说里的机器人。

他们也许做过背景调查。

你觉得他会去看那些报告吗?

不管怎么说,你还是去了。

是的,出乎所有人的意料。我首先必须是游戏的一部分,所以上任后的第一天早晨他就把我召进椭圆办公室。

你只管坐在那里,机器人,什么都别说。别抬头,别东张西望。拿着这本杂志,就像在牙医诊所候诊那样。所以当他处理早晨事务、接见手下和开会的时候,我就坐在一边,他对我的存在不做任何解释,好像根本不知道有我这么个人,好像我只是其他人眼中的幻影。也许我是保安人员,尽管看上去一点都不像。不过,如果他不注意我,没人会说什么。一本正经地板着面孔让他着实开心了好一阵。

你享受这样的玩笑吗?

你愿意和我交换位置吗?这个玩笑的关键是我的身份。我像是他的影子。好像我仍然是他的室友。一两天后,就像华盛顿发生的任何事情,这件事成了新闻。总统办公室里多了一位陌生人。一家四页的周报《旁观者》这样报道:白宫里的一位神秘人物。算上我两个,总统说。

钱甘为白宫发言人起草了官方回应。当然，他们不会让记者接近我。我被描述成来白宫拜访的总统大学时代的好友。这里面有几分真实，但是那些写博客的不买账。我对于总统就像克莱德·托尔森对于埃德加·胡佛①。要不就是总统身患重病，我成了时刻守护在他身边的医生。这是不能接受的。办公厅主任说我必须离开。我的存在有损总统作为自由世界领袖的形象。而且公众对国家安全也有顾虑。我没听到什么新鲜玩意儿——他们说的就像是报纸上登出来的东西。我被送回到地下室那间由清洁间改成的办公室。如果总统想要报复一下他们，他会趁没人注意的时候下来找我。

那白宫神经学研究室呢？为什么不提这个？

你说那个连总统的科学顾问都不知道的机构？更别提中央情报局和国家安全局了。这会导致备忘录满天飞。总统辞职下台。我可能真得去做那份我假定在做的工作。绝对不

---

① 埃德加·胡佛（Edgar Hoover，1895—1972），美国联邦调查局第一任局长，权势让总统也望尘莫及。克莱德·托尔森是胡佛任用多年的私人助理。

行。这是不允许泄露的秘密。你还记得吗,要点是封住我的嘴。

"告密者"的主意。

是的。和其他人一样,他不愿意我待在楼上。一天早晨我走进椭圆办公,他正大喊大叫着往外冲,身体几乎把过道全占了。不过我的老伙计让我坐下喝咖啡,除了与总统职责有关的事随便聊。他发动的战争进展不顺。他入侵了不该入侵的国家。你想象不出此事引发的焦虑。

不可思议。

有什么不可思议的?你觉得我在编故事?

没有,只不过——

我成为新闻一两天后,突然一切都神秘地消失了。你那时在哪儿?你们这伙人。如果没有消失,那也被存进了档案,肯定是这样的。

什么档案?

别装了,大夫,至少尊重我一点。你知道认知学中的读心术是怎么一回事吗?它和魔术师在台上忽悠观众不一样。

不一样?

不一样。读心术发生在大脑的右颞顶叶接合区,它让我们在日常生活中借助推断和直觉来了解他人的想法,他们的心情怎样,高兴还是无聊。读心术描述人的敏感性,比如说知道某个人在明知故问。

我很遗憾你这么想。

《华盛顿邮报》和《纽约时报》连我过去的生活也不放过——两次婚姻、一次死亡、一次离婚、一个孩子托养、另一个死于襁褓。我开始欣赏调查报告的写法,与写讣告很相似,除了感觉之外什么都不落下。他们有我大学的平均成绩——3.25,在我心里这就像是我清白的一个证明。还有校报上的一张旧照片,勾肩搭背、开怀大笑的室友上了《纽约时报》的头版。我第一次意识到,除了我的卷发,我们两人长得还蛮像,几乎像一家人,至少在当年是这样的。从那以后我保养得没有他好。你肯定知道这些。不然我怎么会在你这儿?

同学们早上好。红脸膛和绷得紧紧的嘴角,早上好,浆得笔挺的衬衫和油光锃亮的头发。今天早晨我们来谈谈知觉。它是从哪里来的?它和自身的关系是什么?它搞阴谋诡计吗？它会占别人的便宜吗？它是怎样借助自然选择，或所谓的神经达尔文主义进行自我学习的？根据爱德曼的理论，成千上万的神经细胞在神经网络里自我构思、修改、调整、辨识，增加对外部世界的生物经验的行为反应。英俊的战争制造者，你是其中的一分子吗？你是大脑进化的终极吗？另一方面，克里克则选择了屏状核，也许是丘脑。避免恐屏状核症。勿忘丘脑！不管怎样你都没有灵魂。不过爱德曼和克里克也没有。坐在这里眉头紧锁的家伙也没有，尽管他死也不会承认这一点。但这是大脑在假装。我们要对大脑提高警惕。它们在我们做出决定之前就为我们做出了决定。它们把我们引向静止的水面。它们弃绝自由意愿。还有更诡异的，如果你把大脑从中间一切两半，大脑的左右半球会自足地运转，而且不知道另一半在干什么。不过不要去思考这些，因为从事思考的反正也不是你。听天由命。活在社会建构生活的假定里。痛恨科学。信一点上帝。忘掉自己的失败。对着卫生间的镜子自圆其说吧。

看来你是真的厌恶这些人。

钱甘和鲁姆巴姆自封国际战略专家。他们身后是成群的理论家和智囊团。总统就那个样子。这三人之间存在着复杂的关系，有的时候总统肯定会觉得自己寡不敌众，低他们一等。每次听从了他们的请求之后，不管这个请求多具有说服力，与他自己的直觉多相符，他肯定还是会产生憎恨，你不这么认为吗？我知道他利用我来刺激他们，试探他们，知道让他们听我讲全球神经学领域的发展对他们来说是一种侮辱。所以他总是对我说：机器人（面带狡猾的笑容），给我们讲讲世界各地神经学的进展。

好的，总统先生，瑞士正在建造一台用来模拟人脑的大型计算机。虽然进展缓慢，但他们正在建造模仿大脑突触神经功能的线路。我们的大脑虽然复杂，但让它们工作的要素却是有限的。也就是说造出一个体外大脑只是时间上的问题。

你说的这些都是真的吗？

这是面带嘲笑的钱甘的疑问。你给我们讲的不是一部老科幻电影吧？总统常被钱甘和鲁姆巴姆弄得手足无措，他任命的这两个人或多或少接管了重要决定的决策权。他的下一个玩笑是宣布我是研究人脑的，正在研究他们这样的政府要员的大脑。他们是大忙人，手头有很多事情要做，有一场战争要打赢，而他却在拿他们寻开心。

你们的大脑看上去都不错，他告诉他们。就像在评价一块待开采的很有潜力的油田。

他们乐意流露他们的恼怒。在他们眼中，总统从某种程度上说是一个皇太子，缺乏尊严，更别说对事物保持足够的注意力了。尽管他们觉得自己在智力上远胜他一头，但历史选择的是他而不是他们，这让他们无话可说。他可以趾高气扬地大步走向总统专机，但是如果他们取代他，会表现真正的帝王风范。[思考]在其他国家，搞政变的往往是这样的人。

你全看出来了？

和美国总统待在同一个房间里，你的观察力会变得非常敏锐。我的存在激怒了那两位。他们的愤怒让我决定和总统站在一边，做一个思考实验。既然他们认为我把他们放在了显微镜下面，干吗不这么做呢？在美国历史上，一个公民何时有过这样的机会？不过得赶紧行动，趁总统对这件事还有兴趣。所以我的时间并不多。

钱甘和鲁姆巴姆属于职业政客。他们的大脑里有一套构造完善的神经网络，其表述词汇包括战争、扣押、行刑逼供、政治权力、谣言、性和金钱。我清了清嗓子，给他们每人发了一支铅笔和一个小本子，把认知学中的"犯人难题"的游戏规则向他们做了解释。我当然没像要求高中生那样让他们到房间外面去。我分别在另一个人听不见的地方告诉每一个人：假设由于你同伙的背叛，总统已经知道了你们颠覆政府的阴谋。他可以什么都不说，或者反过来背叛他的同伙，司法部长将根据他们的决定做出相应的惩罚。他们要把是否背叛自己同伙的决定写下来。

他们同意这么做？

就像小孩子领到了一项任务。他们各自坐在椭圆办公室一张沙发的一角，背对背，身体伏在小本子上——皱着眉头，一会儿闭上眼睛，一会儿挠挠脑门——一副深思熟虑的样子。我警告他们不要看对方，但这完全没有必要。这毕竟是博弈论。背叛你的同伙会有麻烦，因为你同时承认了自己有罪，但是如果你不背叛而他却背叛了你，他无罪释放，你却得到加倍的惩罚。只有谁都不背叛对方，对你们的指控才会被撤销。

结果呢？

这些人在好几届政府里担任过各种各样的职务，现在正处于职业生涯的顶峰。他们是怎样到达那个位置的？有谁比他们更懂得政治运作？所以不用说，他俩得出相同的结论，除了背叛同伙，没有更好的出路。

我把他们写在本子上的决定给总统看，他笑得很开心。这还需要考虑，他说。

这下你出名了。

我并不存有什么幻想。他需要一个帮手，一个跟班，但多久？他给了我一枚他们喜欢佩戴、用以表明自己是爱国者的国旗纪念章。

是吗？

像别一枚勋章一样把小纪念章别在我胸前。我现在是他们的人了。尽管从事后看，我在白宫神经病学研究室影子主任的位置上待了还不到三个星期。

现在看来是终身的了。

那倒是。一天下午下班前，总统带我参观了二楼的"林肯卧室"。林肯从来没在那里睡过觉。他入住白宫的时候，这间房子甚至都不是卧室。一间书房？不过房间里面沉重的维多利亚家具和垂地窗帘让人产生林肯也许真在这里睡过觉的感觉。我和房客打了个招呼。

房客？

是这么回事，总统在这里招待重要的捐赠者，让他们度过一个难忘的夜晚。这是一对沉稳的夫妇，并不因总统在他们身边而手忙脚乱，男的要比女的大好几十岁。他们正从行李箱里往外取东西。其实有钱人和常人也没有太大的区别。我们围坐在玻璃台面下压着一张葛提斯堡宣言的书桌前。

这么说你对白宫的上上下下都很熟悉了。

我注意到那位年轻太太的个头很高，体形也不错，但是她的脸像是陶瓷烧出来的，而她看我的眼神就像根本没有我这个人。垂落的金发像是涂了虫胶一样笔直闪亮。要是布萝妮也在场的话，她会被吓着的，我可怜的小无辜，不过她很快就会适应的。这是她完全不知道的美国生活。从另一方面讲，当看到布萝妮水洗的清纯和蓝眼睛里流露出的真诚，想到自己花费毕生的精力来假装优雅，这个女人的心会一沉到底的。

看她一眼你就得出这么多的结论？

布萝妮的思维能力给了我感知上的优势,就好像她的心智仍然活在我里面。

这属于认知学的范畴吗?

其实不是。更像是一种折磨。

X

他的写字台收拾得倒是蛮整洁的,我是说总统的,用作镇纸的圣诞水晶球下面整齐地压着几张纸片。你晃动水晶球,里面的雪花飘落在乘雪橇顺着山坡下滑的儿童身上。我开始同情我当年的室友。他活在自己的无能之中。我从地下室窗口可以看见数量相当的豪华轿车车队开上来:将军、外交官、内阁成员、来访的外国政要,所有的人他都得接见,因为他是公认的自由世界的领袖。在那些为艺术家颁奖的晚会上,他反而显得轻松一点,听着表演者唱歌,看着导演、编剧和演员上台领奖。我曾被邀请参加过一次类似的活动,坐在后排一个没人注意的地方。

自从在总统与他最亲密的顾问之间的小规模战争中充当他的帮手后,我开始享受自己在白宫扮演的角色。好像外部世界的争议要先在椭圆办公室里决出胜负,而他们发动的战争则象征着他们之间的关系。我在思考竞争怎样让我们成为人类。人们怎样虔诚地从事着各种形式的竞争，从绅士式的辩论到强奸抢劫，从肮脏的政治攻击到暗杀。夜晚酒吧外的打斗、温馨卧室里撕破脸皮的争吵、离婚法庭上的恶毒抱怨。殴打孩子的父母、学校里的恶霸、穿西装打领带的职业杀手，开车的人相互强道，人们在地铁站口相互推搡，国家发动战争，扔炸弹，挤满人的海滩，每天都在发生的军事政变，没完没了的失踪，被流放的人在关押营地死去，以种族清洗为目的的圣战、毒品战、恐怖谋杀以及各种打着宗教或其他旗号的暴力行为……政治倾轧、种族灭绝、自我毁灭的人类的娱乐方式是观看踢拳赛和斗鸡，要不就是在赌桌输掉工资后，用低收入的工作来挤压竞争者，弄虚作假、庞氏骗局①，投毒……充满热情的恋人在他们小小的性宇宙里你争我斗，一个肿胀着想要得到，另一个畏缩地拒绝。

你没有落下什么吧？

我觉得我之所以被弄到这里来，是为了给我那位与钱甘

---

① 庞氏骗局是对金融领域投资诈骗的称呼，是金字塔骗局的变体。简言之就是利用新投资人的钱来向老投资者支付利息和短期回报，以制造赚钱的假象进而骗取更多的投资。

和鲁姆巴姆纠缠的旧室友某种满足感。但是这里有一个国家需要治理，而他俩是总统最紧密的顾问，不管怎样，他像他们需要他一样需要他们。所以几轮机器人关于全球神经学发展的报告下来后，我察觉到了力量的转移，我在那里待了才两周。某一天，他们同时挂上了相同的表情，那种强忍住笑容的表情，我明白伟大的外交传统起作用了，一个新的同盟诞生了。我将独自面对这个三头政治，被嘲笑的只能是我了——三人联合起来给我戴上一顶有铃铛的小丑帽——而就在此时此刻这个世界正等待着下一场内战的爆发、下一场金融风暴、下一场自杀式爆炸、下一场海啸、下一场地震、下一次核泄漏。这是一场游戏，看机器人表演多久才明白自己只不过是他们残酷游戏中的玩偶，他们只是在做中场休息，他们三人，就在白宫里面——而我，这个傻瓜，正在他们黑暗、争执、充满权力斗争和争霸世界欲望的生活里充当一名小丑。

所以说真相大白的一刻到了，该让他们知道他们是在和谁打交道。我让他们最后一次听机器人讲授全球神经学发展。我告诉他们神经科面临的最大挑战是了解大脑怎样拥有心智。那只三磅重的绒线球如何让你觉得自己属于人类。我说我们正在从事这方面的研究，假如他们重视自己的生命，重视他们所知道的生活，他们应该把政府用于神经科学的资金投到国防预算中去。造出更多的火箭导弹、地雷、喷气式战斗机——所有这些你们喜爱的东西，我说。因为如果我们搞清楚了大脑怎样让我们获得意识，我们就将学会怎样复制意识。你明白吗，大夫？

明白。

那又怎样，你是说会能够对讲的计算机？钱甘说，我在电影里面见到过。计算机，那还用说，我说，还有通过基因学培养出来的动物，它们除了基本的动物知觉外，还具有感情、心情、记忆和期望。他是说像迪斯尼一样，鲁姆巴姆说。他们大笑起来，我也跟着大笑起来。是的，我说，随之而来的是始于青铜时代的神话般的人类世界的终结，我们作为统治者的终结。《圣经》和所有我们知道的故事的终结。

安德鲁，你真这么认为？

这几个男人受到了奇耻大辱。这些以企业运作方式管理政府的人，一群傲慢之徒。妄自尊大。他们理解竞争决定一切。我告诉他们与他们待在同一个房间里让我感到沮丧。总统看着我——我的意思是这也包括他吗？你们活在其他人早以发明的社会现实中——战争、上帝、金钱——我说，你们把这些当作自然的生存方式。真是一段了不起的演讲。

显然是。

他们不关心生命，我说，他们是人类缺陷最好的例证，我说，我告诉他们我是作为这个学科的权威在和他们说话。随后我深吸了一口气，做了一个徒手倒立。

一个什么？

仿佛是心血来潮，我几乎还没有意识到就已经倒立起来，也许是布萝妮高低杠上的样子——她首次出现在我眼中的样子——触发了我的这一举动，我的大脑决定这是该做的事情，用一种模仿行为把她带入白宫里决定性的一刻。这至少是我现在的一种解释。而在当时可能只是一种冲动性的疯狂。也许我的大脑说如果他们想要一个傻瓜，那么就给他们一个吧。也许我只想离开那里。

这么说你真的那么做了？

我想说的是此前我从来没有完成过一个真正的倒立。在椭圆办公室里，我成了另外一个人。

我可以告诉你，当安德鲁在那里摇晃，手臂弯曲，双脚像织布机梭子一样来回晃动的时候，他发现自己在哭泣，不是由于他的努力，就是由于留在他脑子里的布萝妮的形象，布萝妮在微笑，她清澈、清白无辜的蓝眼睛在评判他。她在说什么？我听到了她的声音，她无声的声音：出去跑一圈，安德鲁。薇拉喜欢在早餐点心上抹点苹果酱。

门关上了，然后是她以芭蕾舞步跃入熊熊烈火划出的一条弧线。

我觉得我呻吟了几声，血液撞击着我的脑门，但是把这种上下颠倒的姿势保持得尽量长久对我来说是一种荣誉。总统、钱甘和鲁姆巴姆从椅子上站起身来，钱甘走到总统的办公桌后面，对着话筒大声咆哮。我倒了下来，没像正确的倒立应该的那样落地，而是"砰"的一声痛苦地摔倒在地。我现在觉得几乎同时我被两个穿军装的海军陆战队员拉了起来，他们把我的手臂背到身后。所以不管从哪方面说，对我来说这是很耗费体力的一天。

显然如此。

你说什么？

我在赞同你。

但是远不止这些。我怀疑此前是否有人在椭圆办公室倒立过。这真是一个登峰造极之举。有那么一刻我从自己特有的谦逊、从我的庶民身份上升，用一个上下颠倒的姿势取得了与这些国家首脑相等的地位。我知道他们不知道的将来。从我告诉你的那些有关我的生活中，你也许得不出我是一个对政治很敏感的人的结论。我站在那里，人身自由被两个海军陆战队队员限制住，钱甘和鲁姆巴姆在决定我的命运。他们命令逮捕我。鲁姆巴姆说我威胁到总统的人身安全。把这个蠢货带走，他说。

一个圣愚，我说。

你是这么觉得的？

如果我的室友是总统，我还能是谁？因为他的角色无可争辩，在此情形之下我不再会是其他人。我能感觉到我的大脑正在演变成我——我们融为一体。当我被带到门口时，我转过身，说出了一个圣愚该说的话：你们是迄今为止最糟糕的，但是更糟糕的还将来临。也许不是明天。也许不是明年，但是你们已经让我们看到了通向黑暗森林的道路。我估计我在扮演但丁的角色。我的室友不爱听这些。哦，别这样，机器人，他大声说道，别那么认真好不好。他是在请求我退缩？他期待我的祝福？但我怎么会这样做？圣愚是一个为他的祖国痛心疾首的人。

我昂首站立，朝警卫点了点头，他们带走了我。

XI

哎,大夫,我在这儿待了有多久了?

有一阵了。

你不肯告诉我这是哪里吗?

我不能。

不是我老家。

你怎么知道的?

空气。空气很和煦,给人一种春天泥土的沉香。这是我在新世界里体验不到的。我觉得这是一个有山丘,长满野花和葡萄藤的乡村。隔着高墙我看不见,但是在锻炼的院子里我能听见鸟叫,不是我家乡的鸟。而且,天黑得晚。我觉得你们把我扔在地中海的某个地方了,还不赖——虽然对我的拷问算不上文雅,但只集中在我对发生在自己身上的事情的反映。我只能和你一个人说话,没有被指定律师,未经审判就被关押了,早超过规定的时间。那是天上的时间,你知道吗,我被判处和这个星球一起运行,数日月四季……你真认为我会威胁到总统的安全吗?

不会的。

不过我不会因为你是个只会服从命令的无用家伙而责备你。知道为什么吗?

为什么?

不和你聊天我更难受。

你无需为此担心。

尽管书架上有马克·吐温全集,我还是在考虑怎样才能防止自己发疯。如果我疯掉了,这个国家离疯狂还会太远吗?

你是说这之间有某种联系?

我的脑海里闪过各种各样的图像、梦境,还有我不认识的人的言行。我听到无声的声音,幽灵从我的睡梦中溜出来,跑到墙上,滞留在那里,痛苦得缩成一团,无声喊叫着,寻求我的帮助。你在对我干什么!我大声叫喊,跌回到床上,只能盯着发黑的天花板,我的房间是一间黑暗的影院,一场无声的恐怖电影即将在里面上演。我说的是被凿开的完整。只有寄希望这背后有某种科学解释,我才能够继续忍受如此的折磨。也许我的大脑里携带着前几代的神经元记录。我知道你从来没有过这样的经历,你太依赖你自己的经验了。它们在你里面生长，占去了你大脑所有的容量，不过你要是像我一样没有感觉——

啊，我们又回到那上面来了？

——也许梦给处于休眠状态的早期基因碎片提供了一个表达自己的机会。

这属于认知学范畴吗？

不完全是。还是一种苦难。

大夫，告诉我，我是一台计算机吗？

什么？

我是第一台被赋予了意识的计算机吗？被赋予了噩梦、知觉、悲伤和渴望的计算机？

不是，安德鲁，你是一个人。

好吧，知道你会那么说。

我发现你留起了胡子，还有头发。你真可以成为一个圣恩。不过你还缺少一点东西。

什么东西?

扬基队的棒球帽。你的行头需要更新了。

薇拉多大了?

十二岁。

他们住在哪里?

我们聊过这个——

哪里?

他们住在新罗谢尔。

他们的老房子里?

是的。

与玛莎和玛莎的大块头丈夫。

是的。

他们需要我的同意?为什么?法官会做出于他们有利的判决——从她还是个婴儿时起玛莎就在抚养她。而我则是敌方战斗人员。

你不是敌方战斗人员。

不管是什么,我没有诉讼资格,有吗?

这是替孩子考虑吧。文件在这里。

这么说鲍里斯·戈都诺夫，那个醉鬼，冒牌货，将成为我女儿的合法父亲。

他进了匿名戒酒者协会。不再酗酒了。

他们什么时候重归于好的，这对恋人？

几年前，我想是三四年前吧。

在她失踪的那段时间里，她把我女儿带到哪里去了？

我告诉过你，玛莎在宾夕法尼亚州西部的一个小镇安顿下来。一个从她姑父姑母那里继承的农场。

他们有能力让我女儿过上她应得的生活吗？

他们并非没有经济来源。她又开始教钢琴了，他在教声乐课。他们俩都是茱莉亚音乐学院① 毕业的。

文件里说不会告诉薇拉我这个人。文件里说不允许我接近她，向她泄露我是她父亲——

她没有理由不相信玛莎是她母亲。我不确定那个丈夫在她眼中的身份会是什么。

——或者她的亲生母亲为抢救他人而身亡。

---

① 茱莉亚音乐学院（The Juilliard School）是世界著名的表演艺术学校之一，位于美国纽约市的林肯中心。

现在你这么认为了？

是的。

我想象不出他们会对孩子说这些。

那么，就让他们见鬼去吧！

哦，看在老天的分上，能不能通情达理一点？除了自己，也替别人着想一点吧。

哦，大夫。我在想。我无时不在想着我的两个姑娘。我想像马克·吐温为他的小姑娘做的那样，编故事念给她们听，帮助她们入眠。他说："她们觉得我的故事比止泻药好，效果更快。"

安德鲁，求你了——

这个故事是他为其他父亲写的吗？故事里面的每一个名字，只要有可能，甚至每一个字里面都有"猫"这个字——Catasauqua, Cataline, cattalactic。小姑娘不停地打断他。爸爸，什么是catadrome？我查一下，他说，假装在查字典。啊哈，原来是一条跑道的意思，我还以为是保龄球球道呢，不过猫高兴的时候不玩保龄球，但是它们确实喜欢赛跑。谢谢你，爸爸，小姑娘说。好的，他说，故事在继续。

安德鲁——

马克·吐温用他的故事给入眠前的孩子创造出嬉闹的氛围。他是他们的守护天使,他们入睡前的世界是一个安全温暖的港湾。长大后,他们会回想起这个故事,并发出对父亲充满爱意的笑声。而这些笑声是他得到的最好回报。